BOOK I 日語會話

我的第一本
日語學習書

QR碼行動學習版

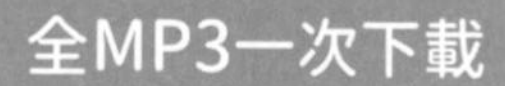

BOOK1AllMP3.zip

iOS系統請升級至iOS 13後再行下載
此為大型檔案，建議使用WIFI連線下載，以免佔用流量，
並確認連線狀況，以利下載順暢。

從漫遊中也能學出穩健的日語能力
將學習作有效率地劃分，

經常聽到日語學習者詢問我，該如何選購一本好的日語自學書籍？！其實，語言學習的層面相當廣泛。我相信，只要是能讓讀者在愉快的心情下，循序漸進，輕鬆學習，並能引導學習者實際運用在生活中的書籍，應該就是值得花時間閱讀學習的好書。

這次由國際學村革新推出的《我的第一本日語學習書》，無論是內容的編排或語彙的整理，皆十分地生動實用。不但是不錯的自學書籍，也可作為良好的輔助學習教材。書中每個單元的設計都是在日本旅遊吃喝玩樂常見的會話場景，若配合MP3，反覆以跟述(Shadowing)方式同步訓練聽力與口語表達能力，相信有任何目的前往日本時，便可立即學以致用，能更輕鬆達到雙向溝通，避免雞同鴨講的尷尬。

此外，有別於一般日語學習叢書，創新的雙書裝方式。把《會話書》及《文法書》分開，讓學習者可以有效專精某一方面的學習，也可交錯配合學習，將學習力發揮到最大值。《文法書》中詳細解說書中基礎語法，也相當有助於自學者的文法基礎學習。希望讀者們能在此套書實境式的引導學習下，悠然自在漫遊日本，並拿出穩健的自信，開口說日語。

輔仁大學日文系兼任講說 陳韶琪

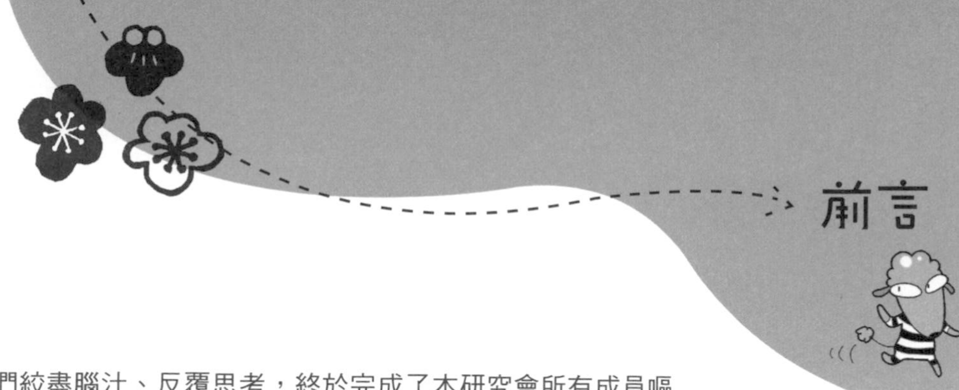

前言

我們絞盡腦汁、反覆思考，終於完成了本研究會所有成員嘔心瀝血的這本《我的第一本日語學習書》，它的正式出版，也成為我們開發與以往不同形式書籍的契機。

於本研究會中服務，資歷多則超過數十年、少則也有數年的日語編輯群們，無時無刻都在思考著如何將日語學習搭配環境以達到最高的功效。每每看到初學日語三、四個月或已學過一、兩年的人卻不能脫口秀出自己的所學，本研究會不時都在思考，該如何替廣大的學習群改善這種窘境。

為了幫助讀者們在學習上達到一個突破，本研究會的編輯們於是煞費苦心，跳脫傳統日語學習者一貫式的教學模式，達到一種嶄新的學習方式。

這也就是我們開發《我的第一本日語學習書》的由來。

本書的重點核心部分，是訓練口說日語、並在聽力打下基礎。

想想看，什麼情況最能落實說日語及聽日語呢？

「到日本，旅行！」

這是個最實際的方式，到日本後一定會接觸到許多的日本人。

但是這時我們不能把傳統的旅遊日語書裡的例子，毫不更動的死背出來，不僅場合不搭，更可能造成尷尬。

既然我們定了這種方式來學日語，那麼課程的設計上當然要身歷其境，這樣才能真正把日語學好。

要在栩栩如生的環境中學習，這樣學習日語才會事半功倍，更能進一步真正地去了解到日本這樣一個充滿魅力的國度。

當然囉！初學習還是要紮好馬步，將文法的基礎深根。熟悉了日語的語感後，才能學到最活靈活現的日語。

現在跟著《我的第一本日語學習書》的新式學習方法一起邁進，跟舊的學習方式說拜拜吧！

最後竭誠的希望所有的日語學習者可以在《我的第一本日語學習書》學到有趣又實用的日語。並連同協助本書順利出版的插畫家吳一郎先生，感謝這段時間內，一起同心協力完成本書的編輯群們。

本書構成

我的第一本日語學習書——BooK I 日語會話

★ 從舊式的日語學習模式中脫穎而出，本書中的實用內容將讓你身歷其境。

★ 透過場景練習，讓我們與主人公「ナナ（娜娜）」一起體驗在日本所經歷的狀況。
以場景練習的方式學習，不僅可以學以致用，還可以讓你自然而然以日語來構思自己所想表達的話。

【我的第一本日語學習書——Book Ⅰ 日語會話書】可透過掃描QR碼來聽日籍老師的正確發音。

我的第一本日語學習書——BooK II 日語文法

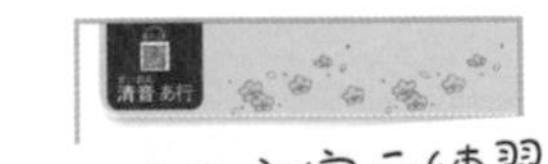

★Part 1 日文字元練習

聽日本老師正確的發音，正確讀寫日語假名「ひらがな」「カタカナ」。並可對照各個音標及假名相關的詞彙與解釋進行日語學習。

★Part 2 日語基礎文法總結

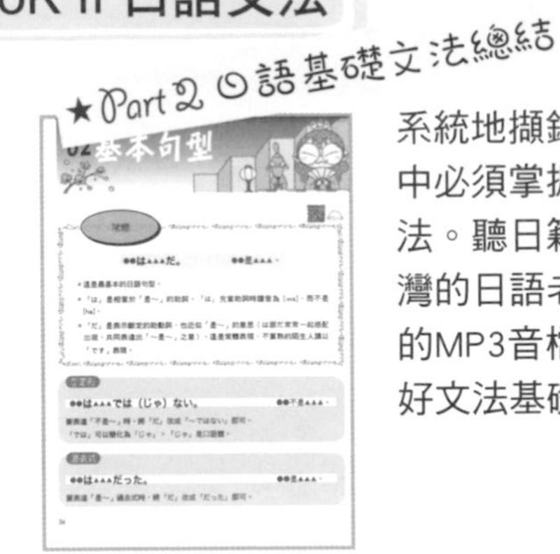

系統地擷錄初級課程中必須掌握的日語文法。聽日籍老師與台灣的日語老師所錄製的MP3音檔講義，打好文法基礎。

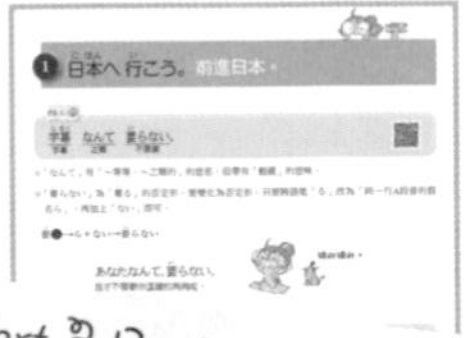

★Part 3 Book I 日語會話詳解

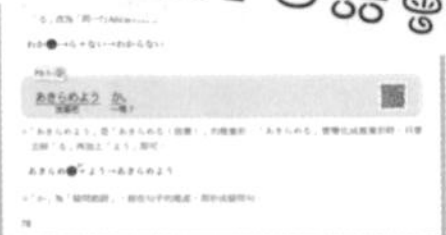

加強練習於【我的第一本日語學習書——BooK I 日語會話】中唸過的例句，並加上詳細的解說，讓學習更容易理解。
腦中浮現本文的內容，用聽的就可以反覆學習。

系統地擷錄初級課程中必須掌握的日語文法。透過掃描QR碼來聽日籍老師與台灣的日語老師所錄製的MP3講義，打好文法基礎。

百分百第一步應用法

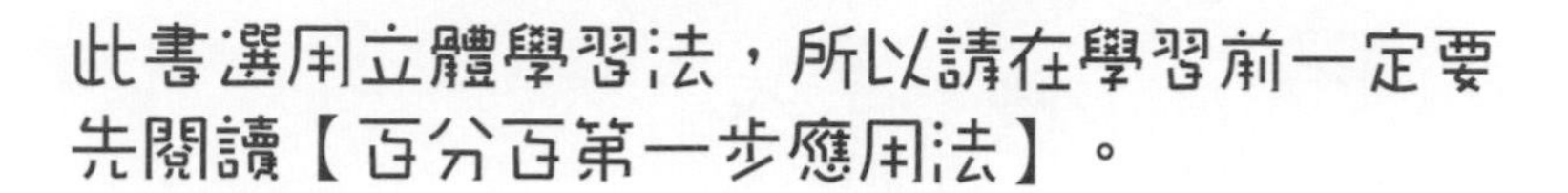

1　從頭到尾以輕鬆的心情讀完【我的第一本日語學習書——Book I 日語會話】。只唸一遍便讓你感嘆「原來日語是這樣的！」，讓你學日語的興趣加倍。

2　第二要注意的是，唸的時候一定要注意標記在漢字上的假名。
2-21 指【我的第一本日語學習書——Book I 日語會話】中由日籍老師發音錄製的MP3編號。錄音內容以一句日文、一句中文的方式呈現。此外，1 2 3 ……指部分頁面中的錄音順序。
聽著日籍老師的發音並跟著唸，可以讓您感受的立體的教學氣氛。
P3-1-01 指【我的第一本日語學習書——Book II 日語文法】Part3的部分，針對這句進行文法說明。如果你想瞭解所收錄文章的細部解說，只要打開【我的第一本日語學習書——Book II 日語文法】Part3，就可以看到對於文章結構詳細的說明。

3　第三要注意的是，仔細閱讀書中的所有句子與單字，邊唸邊背。
通過場景訓練學習並背日語句子，可以讓你於身處日本時學以致用。
只要你將這樣的方法應用到學習【我的第一本日語學習書】中，即使您身處日本也不會驚慌失措。

QR碼使用教學！

- 只用手機掃描QR碼來聽MP3，就可以掌握【我的第一本日語學習書——Book II 日語文法】中日語發音及文法。
  Part1中我們將學習到日語發音與基本單字。Part2中我們將學習到日語基礎文法。Part3中我們將重新聽一遍【我的第一本日語學習書——Book I 日語會話】中的內容，例句中的文法解說也收錄其中。

符號說明

2-21　相關chapter的MP3編號。

P3-1-01　在【我的第一本日語學習書——Book II 日語文法】Part3中可以看到例句的詳細解說。此指Chapter1的01號內容。

CONTENTS

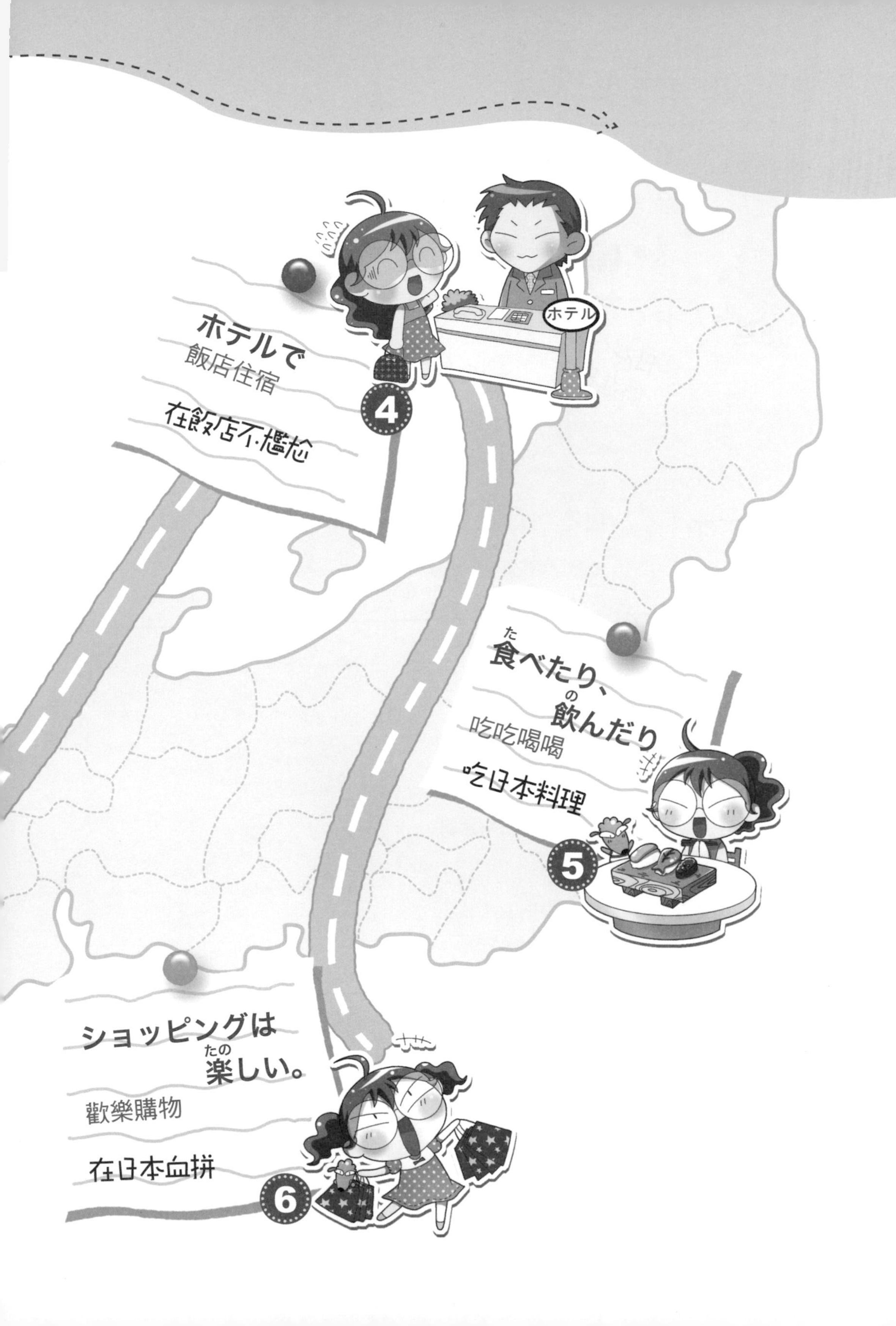
ホテル
ホテルで
飯店住宿
在飯店不尷尬
4
食べたり、飲んだり
吃吃喝喝
吃日本料理
5
ショッピングは楽しい。
歡樂購物
在日本血拼
6

本章重點：
掌握平假名及片假名，本書以從
日本旅行中學日語為主題，故需
掌握日語的基本，及其它日本旅
行時所需的單字。

本章重點：
本章將會學到搭乘日本交通工具的相關知識，會話應用及大量的相關衍生單字，並提供許多日本主要地區的地名單字。大量的動詞介紹也會在本章嶄露頭角。

本章重點：
本章將會學到在日本飯店中從住房到退房的所有會話應對，並學會時間表現及提供許多飯店的食品、物品的單字。大量的形容詞介紹也會在本章出現。

Chapter 5　食べたり、飲んだり。吃吃喝喝

★ 日本料理基本表現
用餐之前的表現

★ 吃牛丼
什麼是牛丼？
在吉野家
日本料理常識

★ 在餐廳的基本表現
從點菜到結帳

★ 吃拉麵
吃日本拉麵

★ 餐券使用方法
在日本必須要會使用餐券！！！

★ 吃壽司
吃迴轉壽司
壽司的種類

★ 吃大阪燒
自己動手做大阪燒
怎樣作美味的大阪燒

★ 吃漢堡
做法簡單的漢堡
點漢堡餐

★ 喝咖啡
喝杯咖啡再走吧
點咖啡

★ 吃可麗餅
吃可麗餅漫步街頭

★ 更多形容動詞表現

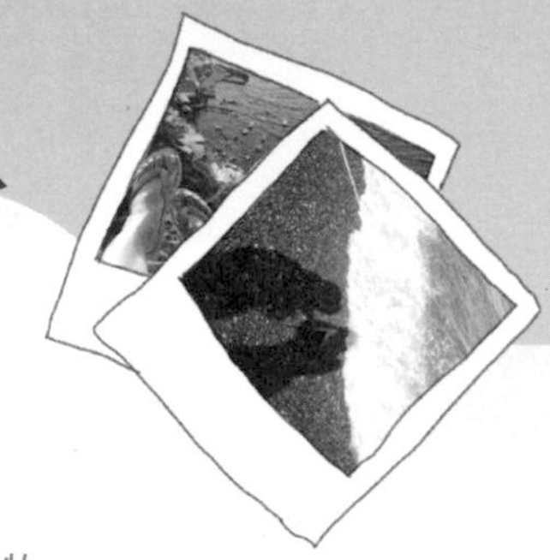

Chapter 6 ショッピングは楽(たの)しい。歡樂購物。

★ 購物
- 做事前調查
- 今天的購物路線
- 購物的基本功夫

★ 購物中心
- 在購物中心購物
- 衣服的種類
- 買T恤
- 買鞋子
- 在包包賣場中
- 在飾品商店中
- 購物時必要的基本表現
- 更換色調時
- 更換條紋與顏色時
- 更換尺碼時
- 不想購買現品時

★ 松本清
- 逛松本清
- 護膚商品
- 化妝品
- 購物袋自動販賣機使用方法

★ 主題專賣店
- 在主題專賣店中

★ 書店
- 逛書店

★ 購物結束後
- 購物結束後消除疲勞

自己紹介（じこしょうかい）自我介紹

- 名前（なまえ）姓名：ナナ 娜娜
- 歳（とし）年紀：二十一歳（にじゅういっさい）21歲
- 職業（しょくぎょう）職業：大学生（だいがくせい）大學生
- 趣味（しゅみ）興趣：日本（にほん）の映画（えいが）日本電影・ドラマ 連續劇・漫画（まんが）漫畫・アニメ 卡通

總跟在娜娜後面的可愛狗狗

一直陪在ナナ娜娜身邊的愛犬（あいけん）愛犬ポコ波可

最近為了豐富自己的趣味生活，
開始認真投入了日語學習中。

Chapter 1
日本へ行こう。
前進日本

學習日語……剛開始相當的認真。

1-01

夢想有一天可以不看字幕(じまく)字幕就能看懂ドラマ連續劇～

P3-1-01

字幕(じまく)なんて要(い)らない。

完全不需要字幕。

但是不知不覺過了三個月……

1-02

P3-1-02

全然(ぜんぜん)、わからない。

完全看不懂。

其實，

偶爾還會分不清「ひらがな平假名」「カタカナ片假名」。

字幕(じまく) 字幕　～なんて 像～　要(い)る 需要　全然(ぜんぜん) 完全　わかる 知道、理解

(1) 清音（清音）1-03

（せいおん）

清音是指不添加濁音點（"）與半濁音圈圈（°）的假名。

	あ段	い段	う段	え段	お段
あ行	あ a	い i	う u	え e	お o
か行	か ka	き ki	く ku	け ke	こ ko
さ行	さ sa	し shi	す su	せ se	そ so
た行	た ta	ち chi	つ tsu	て te	と to
な行	な na	に ni	ぬ nu	ね ne	の no
は行	は ha	ひ hi	ふ fu	へ he	ほ ho
ま行	ま ma	み mi	む mu	め me	も mo
や行	や ya		ゆ yu		よ yo
ら行	ら ra	り ri	る ru	れ re	ろ ro
わ行	わ wa				を o
	ん n				

要記下喔！

好的 好的

(2) 濁音（濁音）

（濁音：だくおん）

1-04

濁音是指清音「か、さ、た、は」行中添加濁音點（"）的假名。

が ga	ぎ gi	ぐ gu	げ ge	ご go
ざ za	じ ji	ず zu	ぜ ze	ぞ zo
だ da	ぢ ji	づ zu	で de	ど do
ば ba	び bi	ぶ bu	べ be	ぼ bo

(3) 半濁音（半濁音）

（半濁音：はんだくおん）

1-05

半濁音是指清音「は」行中添加半濁音圈圈（°）的假名。

ぱ pa	ぴ pi	ぷ pu	ぺ pe	ぽ po

(4) 拗音（拗音）

拗音是指在「き、ぎ、し、じ、ち、に、ひ、び、ぴ、み、り」中添加複母音「ゃ、ゅ、ょ」，並合為一個音節發音的假名。

きゃ kya	きゅ kyu	きょ kyo
ぎゃ gya	ぎゅ gyu	ぎょ gyo
しゃ sha	しゅ shu	しょ sho
じゃ ja	じゅ ju	じょ jo
ちゃ cha	ちゅ chu	ちょ cho
にゃ nya	にゅ nyu	にょ nyo
ひゃ hya	ひゅ hyu	ひょ hyo
びゃ bya	びゅ byu	びょ byo
ぴゃ pya	ぴゅ pyu	ぴょ pyo
みゃ mya	みゅ myu	みょ myo
りゃ rya	りゅ ryu	りょ ryo

カタカナ 片假名

片假名為使用在外來語或表現強調時使用的假名。

與早期的日本相比，現代的使用頻率非常高。

(1) 清音（清音(せいおん)）

1-07

	ア段	イ段	ウ段	エ段	オ段
ア行	ア a	イ i	ウ u	エ e	オ o
カ行	カ ka	キ ki	ク ku	ケ ke	コ ko
サ行	サ sa	シ shi	ス su	セ se	ソ so
タ行	タ ta	チ chi	ツ tsu	テ te	ト to
ナ行	ナ na	ニ ni	ヌ nu	ネ ne	ノ no
ハ行	ハ ha	ヒ hi	フ fu	ヘ he	ホ ho
マ行	マ ma	ミ mi	ム mu	メ me	モ mo
ヤ行	ヤ ya		ユ yu		ヨ yo
ラ行	ラ ra	リ ri	ル ru	レ re	ロ ro
ワ行	ワ wa				ヲ o
	ン n				

記下來很實用哦！
好的
好的

(2) 濁音（濁音） 1-08

だく おん

ガ ga	ギ gi	グ gu	ゲ ge	ゴ go
ザ za	ジ ji	ズ zu	ゼ ze	ゾ zo
ダ da	ヂ ji	ヅ zu	デ de	ド do
バ ba	ビ bi	ブ bu	ベ be	ボ bo

(3) 半濁音（半濁音） 1-09

はん だく おん

パ pa	ピ pi	プ pu	ペ pe	ポ po

(4) 拗音（拗音[ようおん]）

1-10

キャ kya	キュ kyu	キョ kyo
ギャ gya	ギュ gyu	ギョ gyo
シャ sha	シュ shu	ショ sho
ジャ ja	ジュ ju	ジョ jo
チャ cha	チュ chu	チョ cho
ニャ nya	ニュ nyu	ニョ nyo
ヒャ hya	ヒュ hyu	ヒョ hyo
ビャ bya	ビュ byu	ビョ byo
ピャ pya	ピュ pyu	ピョ pyo
ミャ mya	ミュ myu	ミョ myo
リャ rya	リュ ryu	リョ ryo

1-11

P3-1-03

あきらめようか。

不如放棄吧！

あきらめる 放棄　　～か ～嗎？

決定去日本旅行

娜娜有一天突然覺醒。

並不是在**つくえ**桌子前的**勉強**(べんきょう)學習才是真正的學習……

P3-1-04

これは、時間(じかん)の無駄(むだ)だ。

這是在浪費時間。

雖然日文很爛，但還是可以走一趟日本親身體驗。

這可不是為了去旅行找的藉口哦。

さっそく立即開始制定**旅行(りょこう)の計画(けいかく)**旅行計畫的娜娜。

1-13

どこに行(い)こうか。 P3-1-05

去哪裡好呢？

1-14

日本(にほん)ははじめてだから、東京(とうきょう)へ行(い)こう。 P3-1-06

因為是第一次去日本，還是去東京吧！

これ 這個　～は ～是　時間(じかん) 時間　無駄(むだ) 沒用、徒勞　～だ 是～
どこ 哪裡　～に 在…　行(い)く 走　日本(にほん) 日本　はじめてだ 第一次、起初
～から 因為　東京(とうきょう) 東京　～へ 往～、朝著～

日本旅行行前準備

基本的飛行機(ひこうき)飛機チケット票予約(よやく)預約與ホテル飯店，可以透過旅行社準備。

旅行会社(りょこうがいしゃ)
旅行社

航空会社(こうくうがいしゃ)
航空公司

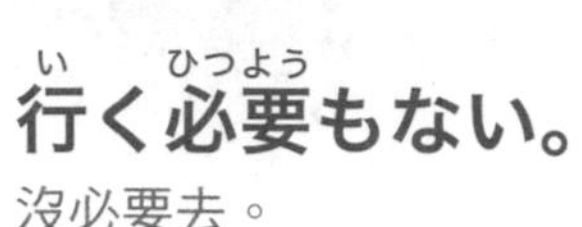

1-15

行く(い)必要(ひつよう)もない。
沒必要去。

P3-1-07

1-16

インターネットで調べ(しら)て、電話(でんわ)で、OK。
上網查詢，打電話就OK。

P3-1-08

用**電話**(でんわ)電話**予約**(よやく)預約，**費用**(ひよう)費用以**振込み**(ふりこ)匯款的方式支付，
電子航空券(eチケット)(でんしこうくうけん)電子機票及
ホテルバウチャー飯店憑證
就能以**宅急便**(たっきゅうびん)快遞的方式收到。

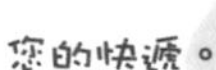

什麼是電子機票？

以網路或電話的方式預約、結算機票後，就會從傳真或電子郵件收到憑證，並可依此憑證執行出票、作廢、退票、換開、改轉簽等操作。
出國當日，到相關機場電子機票櫃檯領取機票就可以了。

什麼是飯店憑證？

透過旅行社等預約飯店時獲得的預約憑證。
此憑證在飯店登記時需附上，所以一定要保管好。不過即使遺失，只要記住預約編號即可，所以一定要先記好預約編號，以防後患。

行(い)く 去　必要(ひつよう) 必要　～も 也　ない 沒有　インターネット 網際網路　～で 用
調(しら)べる 調查　電話(でんわ) 電話

各種預約都結束後，

準備在旅行中花用的お金（かね）錢進行計算（けいさん）計算，再到銀行（ぎんこう）銀行去両替（りょうがえ）兌換日幣。

日本（にほん）のお金（かね）日幣

1-17

紙幣（しへい） 紙幣

表（おもて）正面　　裏（うら）反面

1000円（えん）1000日元

2000円（えん）2000日元

5000円（えん）5000日元

10000円（えん）10000日元

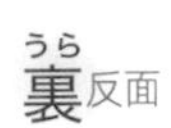

小銭（こぜに） 硬幣

1円（えん）　5円（えん）　10円（えん）　50円（えん）　100円（えん）　500円（えん）

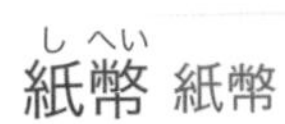
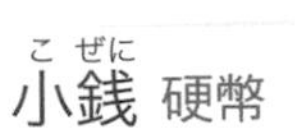

荷物(にもつ)づくりのノウハウ 準備行李的技巧

1-18

準備行李的時候，首先將重要物品
另行放到隨身包包內。

1
ホテルバウチャー
飯店憑證

2
パスポート 護照

3
電子航空券(でんしこうくうけん)・eチケット

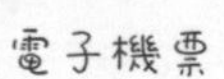

電子機票

9
ガイドブック
旅遊指南

4

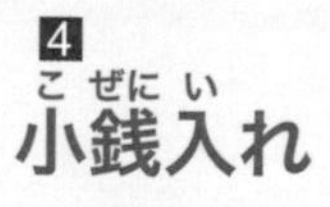

小銭入(こぜにい)れ
零錢包

7
手帳(てちょう) 記事本

5
カメラ
相機

6
財布(さいふ)
錢包

8
ボールペン
原子筆

行李箱內要放入換洗衣物，化妝品及個人常備用藥等。

液體類，如化妝水於搭乘客艙時有管制，可以在打包後交付托運。

余分の服(よぶんのふく)多餘的衣服

依據**季節**(きせつ)季節及旅行天數，

準備適量的**シャツ**襯衫**ズボン**褲子等，

要多準備**下着**(したぎ)內衣和**靴下**(くつした)襪子。

1 ズボン

2 シャツ

3 ブラジャー

4 パンティー

5 くつした

化粧品(けしょうひん)化妝品只要攜帶足夠於旅行期間使用的份量就行了。

再帶上各種**常備薬**(じょうびやく)常備藥品後

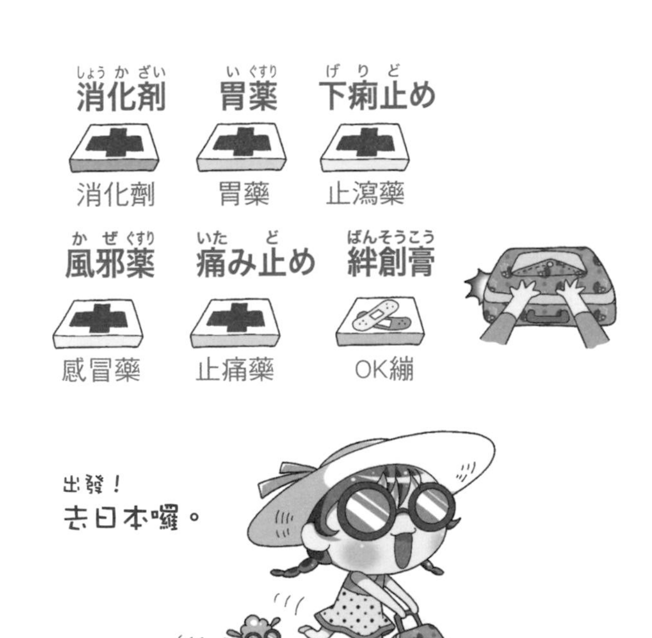

尋找隱藏的圖❶

えんぴつ、ボタン、くつ、よつばのクローバー、

さんかくじょうぎ

正確答案＆單字的涵義→ p.190

Chapter 2
くうこう
空港で
機場通關
Ticketing

出國時　在機場也不怕迷路

從台湾(たいわん)台灣出国(しゅっこく)出國，相當地朝飯前(あさめしまえ)輕而易舉。

啊！可是到日本(にほん)日本後呢？

一定會迷路的。

2-01

ここはどこ？ P3-2-01

這是哪裡？

明明在台灣也會迷路……在日本就更不用說啦。

在日本(にほん)の空港(くうこう)日本的機場裡迷路的ナナ娜娜

從台灣到日本，或者從日本回台灣，
在空港(くうこう)機場，出國手續大致都是相同的。
在桃園國際機場，出國時一定要按步就班的通關，
然後，在成田(なりた)，羽田(はねだ)機場時亦可比照辦理。

首先，到達機場後……

走向出発(しゅっぱつ)ロビー出境大廳。

對，對，
向著出發方向。

ここ 這裡　～は ～是　どこ 哪裡

抵達出境大廳後，

先到機場的**チェックインカウンター**登記櫃台辦理登記。

首先出示**電子航空券**(でんしこうくうけん)電子機票和**パスポート**護照後，

便會領到得**搭乗券**(とうじょうけん)登機證（**ボーディングパス**登機證）。

收到登機證後，便可以托運行李。

托運行李時會收到**手荷物引換証**(てにもつひきかえしょう)行李換領證，

行李換領證是**シール**貼紙狀的，主要是貼在電子機票上。

こちらに貼(は)っておきますね。 P3-2-⑫

請您貼在這邊。

こちら 這邊　～に 在～　貼(は)る 貼　おく 放；（動詞+ておく）預先

OK！那麼，現在準備進入**出国場**(しゅっこくじょう)候機大廳吧！

到候機大廳需經過，

セキュリティチェック安全檢測，

要經過金屬安全檢測前，需提前將**鍵**(かぎ)鑰匙、

コイン硬幣、**金属物**(きんぞくぶつ)金屬物品等相關在檢測時

會引起反應的東西掏出，擺置一旁，

然後接受檢測。

完成檢測後，

接著就是接受**出国審査**(しゅっこくしんさ)出境審查。

出國審查結束後，
就可以去逛免稅店了。

如果離**搭乗時刻**(とうじょうじこく)登機時刻還有一段時間的話，可以在**免税店**(めんぜいてん)免税店裡逛逛並**ショッピング**購物。因為在免稅店進行購物時需要出示機票，所以店員一般會先問說：

搭乗券(とうじょうけん)**を拝見**(はいけん)**します。** 請出示您的登機證。 

或

P3-2-03

ボーディングパスを拝見(はいけん)**します。** 請出示您的登機證。

或另一種說法**搭乗券**(とうじょうけん)**よろしいですか。** P3-2-04 請出示您的登機證。

意思即是「請出示您的登機證好嗎？」。聽到這句話，就趕快出示給店員看吧！

搭乗券（とうじょうけん）登機證　拝見（はいけん）します 看「見（み）ます」的謙讓語
よろしい 好、可以「いい」的禮貌性說法

填寫出入境卡 & 入境準備

搭乘飛機時要在**搭乘時刻**(とうじょうじこく)登機時間前，於**搭乘ゲート**(とうじょう)登機門前，等待登機。

2-04

いらっしゃいませ。

歡迎。

P3-2-05

スチュワーデス

空姐

出示**搭乗券**(とうじょうけん)登機證後進行登機。

確認**座席**(ざせき)座位**番号**(ばんごう)編號後，坐在位置上，

並繫好**シートベルト**安全帶。

2-05

シートベルトをおしめください。

請繫好安全帶。

P3-2-06

繫得好緊哦。

シートベルト 安全帶（seat belt） しめる 繫

坐定之後，

就來填寫前**座席**（ざせき）座位椅背**ポケット**袋子中準備好的

出入国カード（しゅつにゅうこく）出入境卡吧。

外国人用　外国人出国記録　EMBARKATION CARD FOR FOREIGNER ②　외국인 출국기록

IJ 4864333　22

氏名（漢字） 氏 한자 성	名 한자 이름
Name 이름（한자） Family Name 영문 성	Given Names 영문 이름
国籍 Nationality as shown on passport 국적	生年月日 Date of Birth 생년월일　Day 日 일　Month 月 월　Year 年 년
外国人登録証明書番号 Alien registration certificate number 외국인등록증명서 번호	
航空機便名・船名 Flight No./Vessel 항공기 편명・선명	
降機地 Port of Disembarkation 도착지	
署名 Signature 서명	

●活字体で記入して下さい。●折らないで下さい。●カード②は出国時に入国審査官へ提出するものです。＊Please type or print. ＊Do not fold. ＊CARD ② is to be submitted to the Immigration Inspector at the time of your departure from Japan. ＊활자체로 기입해 주십시오. ＊구기거나 접지 마십시오. ＊카드②는 출국시에 입국심사관에게 제출하는 것입니다.

外国人入国記録　DISEMBARKATION CARD FOR FOREIGNER ①　외국인 입국기록

英語又は日本語で記載して下さい。영어 또는 일본어로 기재해 주십시오.

IJ 4864333　21

氏名（漢字） 氏 한자 성	名 한자 이름		
Name 이름（한자） Family Name 영문 성	Given Names 영문 이름		
国籍 Nationality as shown on passport 국적	生年月日 Date of Birth 생년월일　Day 日 일　Month 月 월　Year 年 년	男 ① Male 남　女 ② Female 여	
現住所 Home Address 현주소　国名 Country name 나라명　都市名 City name 도시명		職業 Occupation 직업	
旅券番号 Passport number 여권 번호	航空機便名・船名 Last flight No./Vessel 항공기 편명・선명	乗機地 Which airport did you board this flight or ship? 출발지	
渡航目的 Purpose of visit 도항 목적　□観光 Tourism 관광　□商用 Business 상용　□その他 Others 기타（　）	□親族訪問 Visiting relatives 친척 방문　□トランジット Transit 환승	日本滞在予定期間 Intended Length of stay in Japan 일본 체재 예정 기간　年 Years 년　月 Month 월　日 Days 일	
日本の連絡先 Intended address in Japan 일본의 연락처	TEL		

裏面を見てください。See the back 뒷면을 봐 주십시오. →

KA1IJ486433321

原來有英文啊。

かんたん、かんたん……。

簡單，簡單。

只有正確填寫出入境卡，才能順利結束**入国審査**（にゅうこくしんさ）入境審查，所以一定要正確填寫啊。

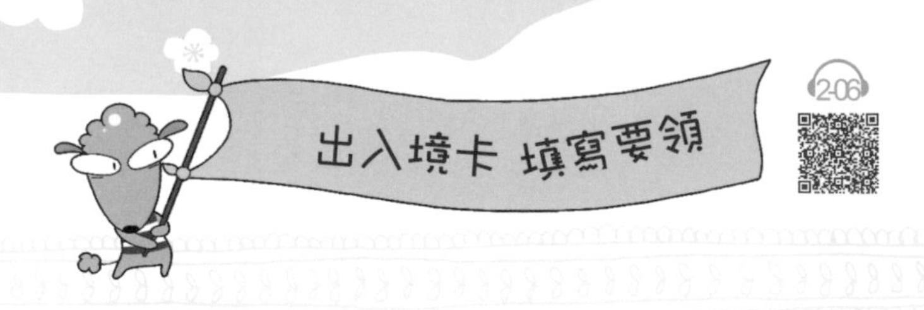

2-06

国籍（こくせき）國籍用英文填寫「Taiwan」或用漢字「台湾」就可以。

在這裡我們學習一下國家名稱吧。

韓国（かんこく） 韓國	日本（にほん） 日本	中国（ちゅうごく） 中國
アメリカ 美國	イギリス 英國	カナダ 加拿大
フランス 法國	ドイツ 德國	オーストラリア 澳洲
*アジア 亞洲	*ヨーロッパ 歐洲	*アフリカ 非洲

主要大陸！

職業（しょくぎょう）職業用英文或參照下列日語填寫。

学生（がくせい） 學生	先生（せんせい） 老師
教授（きょうじゅ） 教授	会社員（かいしゃいん） 公司職員
医者（いしゃ） 醫生	看護婦（かんごふ） 護士
弁護士（べんごし） 律師	会計士（かいけいし） 會計師
公務員（こうむいん） 公務員	警察官（けいさつかん） 警察
記者（きしゃ） 記者	アナウンサー 播報員
放送人（ほうそうじん） 廣播員	モデル 模特兒
作家（さっか） 作家	画家（がか） 畫家

參考一下！

日本の連絡先日本的聯絡處中要仔細填寫預定入住的**住所**地址與**電話番号**電話號碼。

如果住在飯店，可以填寫「**地區的〇〇飯店」。

參考**ホテルバウチャー**飯店憑證進行填寫吧。

日本の連絡先 日本的聯絡處	新宿 プリンスホテル TEL 03-****-****

新宿 新宿（地名）

プリンス (prince) 王子（飯店名）

ホテル 飯店

Tip

如果你不是住在飯店，而是住在「親戚家」或「朋友家」或「相識的人家中」，要在出入境卡中填寫正確的家庭住址與電話號碼。

在這裡要銘記！

如果填寫的不是飯店，而是居住在日本的親戚或朋友家的地址，在入境審查時可能被問到與該人是「什麼關係」、「是如何認識的」等問題。

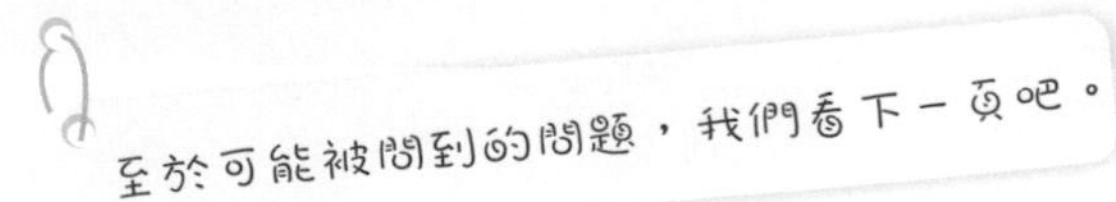

☐ 親族訪問 Visiting relatives 친척 방문 ☑ 親族訪問（しんぞくほうもん）探親的情況 P3-2-07

審査官的問題

どういうご関係（かんけい）ですか。 1

是什麼關係？

回答例

おばです。 2

是阿姨（是姑姑）。

おじ 叔叔（舅舅） 祖父（そふ） 爺爺 祖母（そぼ） 奶奶 いとこ 堂兄弟、堂姊妹

☐ その他 Others（ 기타 ☑ その他（ほか）其它的情況（友（とも）だちの家（いえ）に訪問（ほうもん）訪友） P3-2-08

審査官的問題

どういう友（とも）だちですか。 1

是什麼關係的朋友？

回答例

学生時代（がくせいじだい）の友（とも）だちです。 2

學生時代的朋友。

どういう 什麼 関係（かんけい） 關係 ～ですか 是～嗎？ おば 阿姨、姑姑、叔母
～です 是～ 友（とも）だち 朋友 学生時代（がくせいじだい） 學生時代

如果在填寫出入境卡時有填寫錯誤，我們可以尋求空姐的幫助。

すみません。

對不起！打擾一下。 P3-2-⓽

看到空姐時可以叫住她。

これ、もう一枚(いちまい)…。 P3-2-⓾

這個，再來一張……。

如果整句話想說得完整一點，

これ、もう一枚(いちまい)もらえますか。 P3-2-⓫

這個可以再給我一張嗎？

これ、もう一枚(いちまい)ください。 P3-2-⓬

這個請再給我一張。

これ 這個　もう 再　一枚（いちまい） 一張　もらう 得到　ください 給……吧

吃機內餐點

現在是吃**機内食**(きないしょく)機內餐點的時間！

お飲(の)み物(もの)はいかがですか。 P3-2-⑬ 2-10

您需要來點飲料嗎？

食事(しょくじ)用餐附帶的**飲(の)み物(もの)**飲料會依**メニュー**菜單而有所不同，所以可以直接向空姐詢問飲料種類。

可以這樣進行詢問。

何(なに)がありますか。 有哪幾種呢？ P3-2-⑭

機內主要提供的飲料有

オレンジジュース柳橙汁、**りんごジュース**蘋果汁、**グレープジュース**葡萄汁等果汁與**コーラ**可樂、**お茶(ちゃ)**茶、**紅茶(こうちゃ)**紅茶、**ミルク（＝牛乳(ぎゅうにゅう)）**牛奶等。

お酒(さけ)酒主要有**ビール**啤酒、**ワイン**葡萄酒、**ウィスキー**威士忌，

菜單為米飯時也會提供**味噌汁(みそしる)**味噌湯。

味噌汁(みそしる)ください。 P3-2-⑮

請給我味噌湯。

飲(の)み物(もの) 飲料　いかがですか 怎樣？　何(なに) 什麼　ある 有

味噌汁(みそしる) 味噌湯　ください 請……吧

如果不喜歡喝咖啡，

いいえ、けっこうです。P3-2-⑲

不用，我不需要。

さげる 收拾（飯桌等）　コーヒー 咖啡

けっこう 充分、滿足（「けっこうです」此為「我不需要的意思」）

2-12

免税品（めんぜいひん）免稅品　持（も）つ 拿、持　歯（は）ブラシ 牙刷　もらう 得到
かしこまりました「わかりました 知道了」的謙讓語　トイレ 洗手間　どこ 哪裡　あちら 那裡
～でございます「～です 是～」的丁寧語

ちょっと寒いんで、毛布をもらえますか。 P3-2-㉕

有點冷，可以給我毯子嗎？

飛行機よいみたいですが、薬ありますか。 P3-2-㉖

我好像有點暈機，可以給我暈機藥嗎？

あ、少々お待ちください。

啊，請您稍等。

すぐ、お持ちします。 P3-2-㉗

馬上拿來給您。

ボールペンを貸してもらえますか。 P3-2-㉘

可以借一下原子筆嗎？

ちょっと 稍微　寒(さむ)い 冷　毛布(もうふ) 毯子　飛行機(ひこうき)よい 暈機
薬(くすり) 藥　ある 有　少々(しょうしょう) 暫時　待(ま)つ 等　ボールペン 原子筆
貸(か)す 借

入境準備

入境前要準備充份

入国審査（にゅうこくしんさ）入境審查在註明**外国人入国**（がいこくじんにゅうこく）外國人入境的地方進行。
拿出在機內預先填寫好的**出入国カード**（しゅつにゅうこく）出入境卡與**パスポート**護照吧。

竟然丟了
填寫17遍
的申請書？

結果，把出入境卡
給忘在飛機上了。

ない、ない、どこにもない。 P3-2-㉙ 

沒有，沒有，到處都沒有。

如果沒有在機內進行填寫，或遺失了出入境卡也沒關係。
通關前的周圍都幫你準備了申請書表格，所以也可以在此仔細填寫。
如果您填寫好了出入境卡，請**一列ならび**（いちれつ）排成一列的依序等待，
然後進行通關。

在通關前有航空職員提醒您該去幾號通關櫃台，也會幫您確認出入境卡是否填寫正確。

ない 沒有　どこ 哪裡　～にも 在～也

日本從2007年11月20日起為了**防止**（ぼうし）防止**テロ**恐怖事件，以外國人為對象，在進行入境審查前，會先採取**指紋**（しもん）指紋，並拍攝**顔写真**（かおじゃしん）正面半身照。

指紋（しもん）を読（よ）み取（と）れます。

要採取指紋了。

P3-2-30

顔写真（かおじゃしん）を撮（と）ります。

要照正面半身照了。

P3-2-31

接受入境審查時必備的有**パスポート**護照與之前填寫的**出入国カード**（しゅつにゅうこく）出入境卡。有時也會讓您出示**飛行機チケット**（ひこうき）機票，所以都要提前做準備哦。

如果護照上套有**カバー**護照套，必須先取下來。

如果出入境卡填寫正確，便不會問任何問題，直接讓你通過。

何（なん）か緊張（きんちょう）するね～。 P3-2-32

不知為何很緊張呢！

關員在檢查完護照與出入境卡後
會還護照給你，並會這樣說：

どうぞ。 P3-2-33

給您。

有的關員則什麼都不說。

指紋（しもん）指紋　読（よ）み取（と）る 採取、了解　顔寫真（かおじゃしん）正面半身照
撮（と）る 照　何（なん）か 不知為何　緊張（きんちょう）緊張

如果您還是有些擔心，那就記住以下幾個問答吧。

回答時候一定！！！要按照出入境卡上所填寫的內容回答。

審査官（しんさかん）：入国（にゅうこく）の目的（もくてき）は何（なん）ですか。 1

關員：入境的目的是什麼？

ナナ：旅行（りょこう）です。 2　旅行的情況

娜娜：旅行。

出張（しゅっちょう）です。 3　出差的情況

出差。

親戚（しんせき）の家（いえ）の訪問（ほうもん）です。 4　探親的情況

探親。

審査官（しんさかん）：どこに泊（と）まりますか。 5

關員：住在哪裡？

ナナ：新宿（しんじゅく）のプリンスホテルです。 6

娜娜：新宿的王子飯店。

住宿飯店時
只要說出飯店所在的位置和飯店名就可以了。

審査官（しんさかん）關員　入国（にゅうこく）入境　目的（もくてき）目的　何（なん）什麼
～ですか 是～嗎？　旅行（りょこう）旅行　～です 是～　出張（しゅっちょう）出差
親戚（しんせき）親屬　家（いえ）家　訪問（ほうもん）訪問　どこ 哪裡　泊（と）まる 住宿
新宿（しんじゅく）新宿　ホテル 飯店

ナナ　：親戚（しんせき）の家（いえ）です。7　住親戚家的情況
娜娜　：親戚家。

審査官（しんさかん）：滞在期間（たいざいきかん）は何日間（なんにちかん）ですか。8
關員　：滯留期間是幾天？

ナナ　：三日間（みっかかん）です。9
娜娜　：三天。

如果是當天返回，就回答
今日（きょう）、帰（かえ）ります。10
今天回去。

審査官（しんさかん）：飛行機（ひこうき）のチケットを見（み）せてください。11
關員　：請出示機票。

ナナ　：どうぞ。12
娜娜　：請。

請記住2天～10天怎麼說。

二日間（ふつかかん）	2天	三日間（みっかかん）	3天
四日間（よっかかん）	4天	五日間（いつかかん）	5天
六日間（むいかかん）	6天	七日間（なのかかん）	7天
八日間（ようかかん）	8天	九日間（ここのかかん）	9天
十日間（とおかかん）	10天		

滞在期間（たいざいきかん）停留期間　何日間（なんにちかん）幾天　三日間（みっかかん）三天
今日（きょう）今天　帰（かえ）る 回去、回來　飛行機（ひこうき）飛機　チケット 票（ticket）
見（み）せる 讓…看

領取行李

入国審査(にゅうこくしんさ)入境審查結束後，就去領荷物(にもつ)行李吧！

首先確認(かくにん)確認自己乘坐的飛行機(ひこうき)飛機便名(びんめい)航班，然後再到手荷物引渡場(てにもつひきわたしじょう)行李提領處的ターンテーブル行李旋轉台前領行李吧！

日期表現

瞭解日期和數字！

月份（月）的表現

天上的月亮漢字也是「月」，發音為「つき」。

いちがつ	にがつ	さんがつ	しがつ	ごがつ	ろくがつ
一月	二月	三月	四月	五月	六月
1月	2月	3月	4月	5月	6月
しちがつ	はちがつ	くがつ	じゅうがつ	じゅういちがつ	じゅうにがつ
七月	八月	九月	十月	十一月	十二月
7月	8月	9月	10月	11月	12月

日期（日）的表現

「太陽」漢字也是「日」，發音為「ひ」。另外也可說是「太陽（たいよう）」。

ついたち	ふつか	みっか	よっか	いつか	むいか
一日	二日	三日	四日	五日	六日
1日	2日	3日	4日	5日	6日
なのか	ようか	ここのか	とおか	じゅういちにち	じゅうににち
七日	八日	九日	十日	十一日	十二日
7日	8日	9日	10日	11日	12日
じゅうさんにち	じゅうよっか	じゅうごにち	じゅうろくにち	じゅうしちにち	じゅうはちにち
十三日	十四日	十五日	十六日	十七日	十八日
13日	14日	15日	16日	17日	18日
じゅうくにち	はつか	にじゅういちにち	にじゅうににち	にじゅうさんにち	にじゅうよっか
十九日	二十日	二十一日	二十二日	二十三日	二十四日
19日	20日	21日	22日	23日	24日
にじゅうごにち	にじゅうろくにち	にじゅうしちにち	にじゅうはちにち	にじゅうくにち	さんじゅうにち
二十五日	二十六日	二十七日	二十八日	二十九日	三十日
25日	26日	27日	28日	29日	30日

星期（曜日）的表現

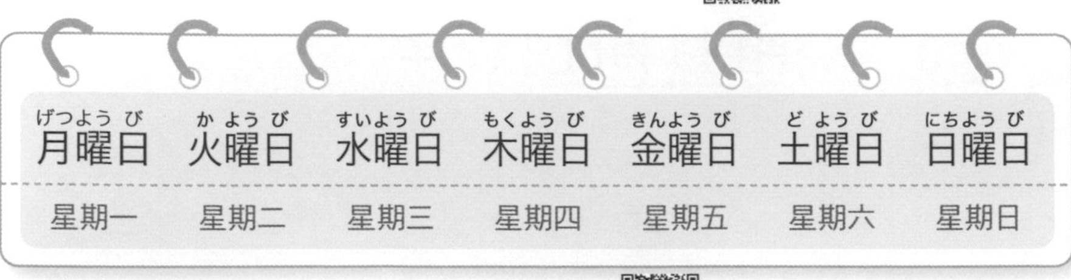

月曜日（げつようび）	火曜日（かようび）	水曜日（すいようび）	木曜日（もくようび）	金曜日（きんようび）	土曜日（どようび）	日曜日（にちようび）
星期一	星期二	星期三	星期四	星期五	星期六	星期日

其他……

おととい	きのう	きょう	あした	あさって
前天	昨天	今天	明天	後天

關於月、日、星期的提問

P3-2-35

何月（なんがつ）ですか。 1

幾月份？

何日（なんにち）ですか。 2

幾日？

何曜日（なんようび）ですか。 3

星期幾？

お誕生日（たんじょうび）は何月何日（なんがつなんにち）ですか。 4

生日是幾月幾日？

今日（きょう）は何月何日何曜日（なんがつなんにちなんようび）ですか。 5

今天是幾月幾日星期幾？

但是，對數字還是記得不太熟呢……

2-24

讓我們再加記數字吧！

いち	に	さん	よん(し)	ご
一	二	三	四	五
1	2	3	4	5
ろく	なな(しち)	はち	きゅう	じゅう
六	七	八	九	十
6	7	8	9	10
じゅういち	じゅう に	じゅうさん	じゅうよん	じゅう ご
十一	十二	十三	十四	十五
11	12	13	14	15
じゅうろく	じゅうしち	じゅうはち	じゅうきゅう	に じゅう
十六	十七	十八	十九	二十
16	17	18	19	20
さんじゅう	よんじゅう	ご じゅう	ろくじゅう	ななじゅう
三十	四十	五十	六十	七十
30	40	50	60	70
はちじゅう	きゅうじゅう	ひゃく	せん	いちまん
八十	九十	百	千	一万
80	90	100	1000	10000

2-25

もう、覚(おぼ)えた。

早就記住了。

P3-2-36

…と、言いたい。

很想這麼說…… 。

もう 已經　覚(おぼ)える 記住、背　言(い)う 說

尋找隱藏的圖❷

さかな、つえ、ハート、ちょう、きのこ

正確答案＆單字的涵義→ p.190

Chapter 3

東京（とうきょう）の交通（こうつう）

東京的交通

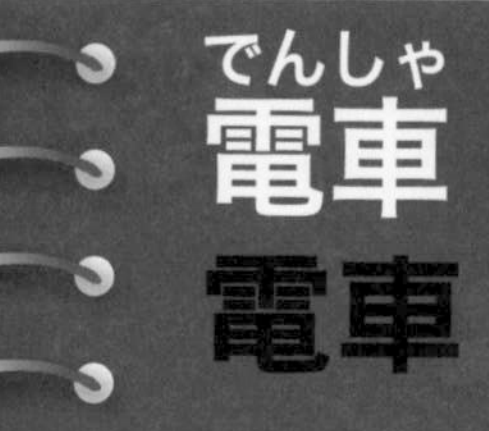

準備搭乘電車

在日本最為廣泛使用的**交通手段**(こうつうしゅだん)交通工具便是**電車**(でんしゃ)電車。
但是，**日本**(にほん)日本的電車，特別是**東京**(とうきょう)東京的電車是複雜**有名**(ゆうめい)出名的。

3-01

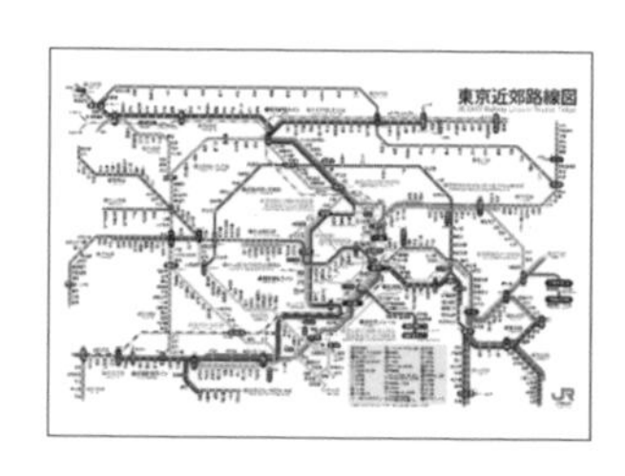

複雑(ふくざつ)**すぎる。** P3-3-01
太複雜了。

之所以複雜是因為**路線**(ろせん)路線繁多，但這也說明了電車的搭載範圍無所不至。

3-02

P3-3-02
日本(にほん)**の電車**(でんしゃ)**は、どこにも行**(い)**けて便利**(べんり)**だよ。**
日本的電車到得了任何地方，所以很方便吧！

P3-3-03
あんたは、日本人(にほんじん)**だからでしょう。**
那是因為你是日本人，好嗎？

站在**旅行者**(りょこうしゃ)旅客的**立場**(たちば)立場來看，電車真的相當複雜。
但不管有多複雜，只要理解基本的營運體系，就可以隨心所欲的運用。
所以不需要擔心。

複雑（ふくざつ）複雜　～すぎる 過於～　日本（にほん）日本　電車（でんしゃ）電車　どこ 哪裡
～にも～ 也　行（い）く 去　便利（べんり）便利　あんた 你　日本人（にほんじん）日本人
～から 因為～　～でしょう 是～吧

電車與地鐵的差異

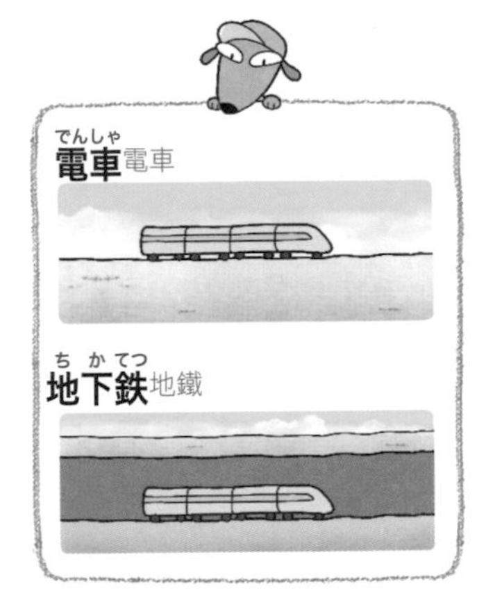

台灣的捷運在地面和地下都會行駛，所以沒有電車和地鐵之分，但在日本，**電車**電車只在**地上**地面行駛，**地下鉄**地鐵只在**地下**地下行駛。

重點不是在哪行駛，而是電車與地鐵系統不同，車站的位置、車票價格等都有差異，所以我們要先瞭解搭乘的路線是適合電車還是地鐵後再進行選擇。

運賃車資的話，

地下鉄より電車の方が安い。 P3-3-04

跟地鐵比起來，電車便宜多了。

旅遊東京時必需記住的路線

★ 關於電車，我們只要瞭解由JR營運的鐵路公司，其所屬路線中使用頻率最高，環繞東京中心的**山手線**山手線、橫越東京中心的**中央線**中央線及**総武線**總武線即可。

★ 至於地鐵，只要瞭解**銀座線**銀座線、**丸の内線**丸內線、**日比谷線**日比谷線就可以了。

日本的路線名稱都很不好記。
不僅是路線名稱，車站的名稱也相當複雜。
所以別指望一開始就想全部記下。
只要大概有個概念就好。

Tip

電車及捷運等交通工具統稱為**鉄道**鐵道或**列車**列車。

地下鉄（ちかてつ）地鐵　より 比…　電車（でんしゃ）電車　～方（ほう）～（這一方、這一邊、這方面）
～が 是～　安（やす）い 便宜

主要站點路線圖

將複雜的電車圖有效利用的最好方法就是只看要去的地方就好。

那麼，首先看一看環繞東京中心部的**山手線**（やまのてせん）山手線**路線**（ろせん）路線吧。

1 池袋（いけぶくろ）

這裡有曾經是日本最高的建築之一的**サンシャインシティ** Sunshine City（陽光大廈），樓高為60層。裡面有購物街，還可以去**水族館**（すいぞくかん）水族館和**展望台**（てんぼうだい）展望台觀賞。

2 目白（めじろ）

3 高田馬場（たかだのばば）

4 新大久保（しんおおくぼ）

5 新宿（しんじゅく）

這裡有知名的**デパート**百貨公司、**ショッピングモール**購物中心及**歌舞伎町**（かぶきちょう）歌舞伎町而聞名。

6 代々木（よよぎ）

7 原宿（はらじゅく）

8 渋谷（しぶや）

這裡是眾所周知的**若者**（わかもの）年輕人天堂。

9 恵比寿（えびす）

歐洲風情街，在這裡可以看到許多走在時尚尖端的男男女女。

10 目黒（めぐろ）

在日本以貴而聞名的地區，可以看到很多古色古香的建築。

11 五反田（ごたんだ）

12 大崎（おおさき）

29 大塚（おおつか）

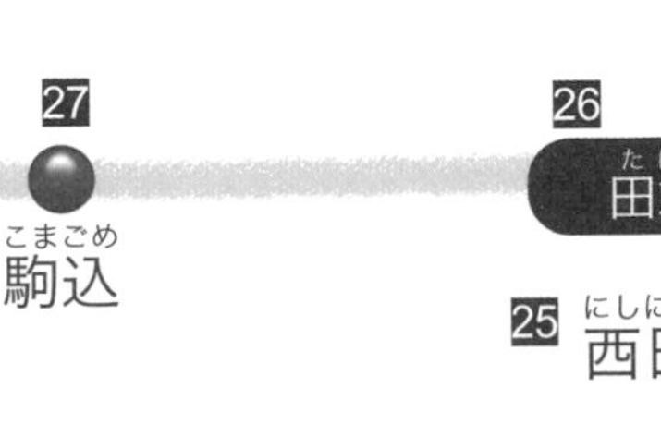

這裡有**上野公園**（うえのこうえん）上野公園與**上野動物園**（うえのどうぶつえん）上野動物園，和傳統市場—**アメ横市場**（よこいちば）AMEYOKO市場。

不僅有著很多著名的電子商家，也是沉迷於**フィギュア**小公仔、**コスプレ**角色扮演、**ゲーム**遊戲等**オタク**御宅族們的街道。

這裡可謂是日本的心臟，日本天皇生活起居的**皇居**（こうきょ）皇宮便座落於此。

如果你在學日語，至少要記住**山手線**（やまのてせん）山手線路線經過的地名喲！

以下是貫通山手線(やまのてせん)山手線的中央線(ちゅうおうせん)中央線與総武線(そうぶせん)總武線，
還有從東京駅(とうきょうえき)東京站開往舞浜(まいはま)舞浜的京葉線(けいようせん)京葉線。

中央線(ちゅうおうせん)中央線	連接三鷹(みたか)三鷹 ↔ 新宿(しんじゅく)新宿 ↔ 東京(とうきょう)東京 ↔ 舞浜(まいはま)舞浜
総武線(そうぶせん)總武線	連接三鷹(みたか)三鷹 ↔ 新宿(しんじゅく)新宿 ↔ 秋葉原(あきはばら)秋葉原
京葉線(けいようせん)京葉線	連結東京(とうきょう)東京 ↔ 舞浜(まいはま)舞浜

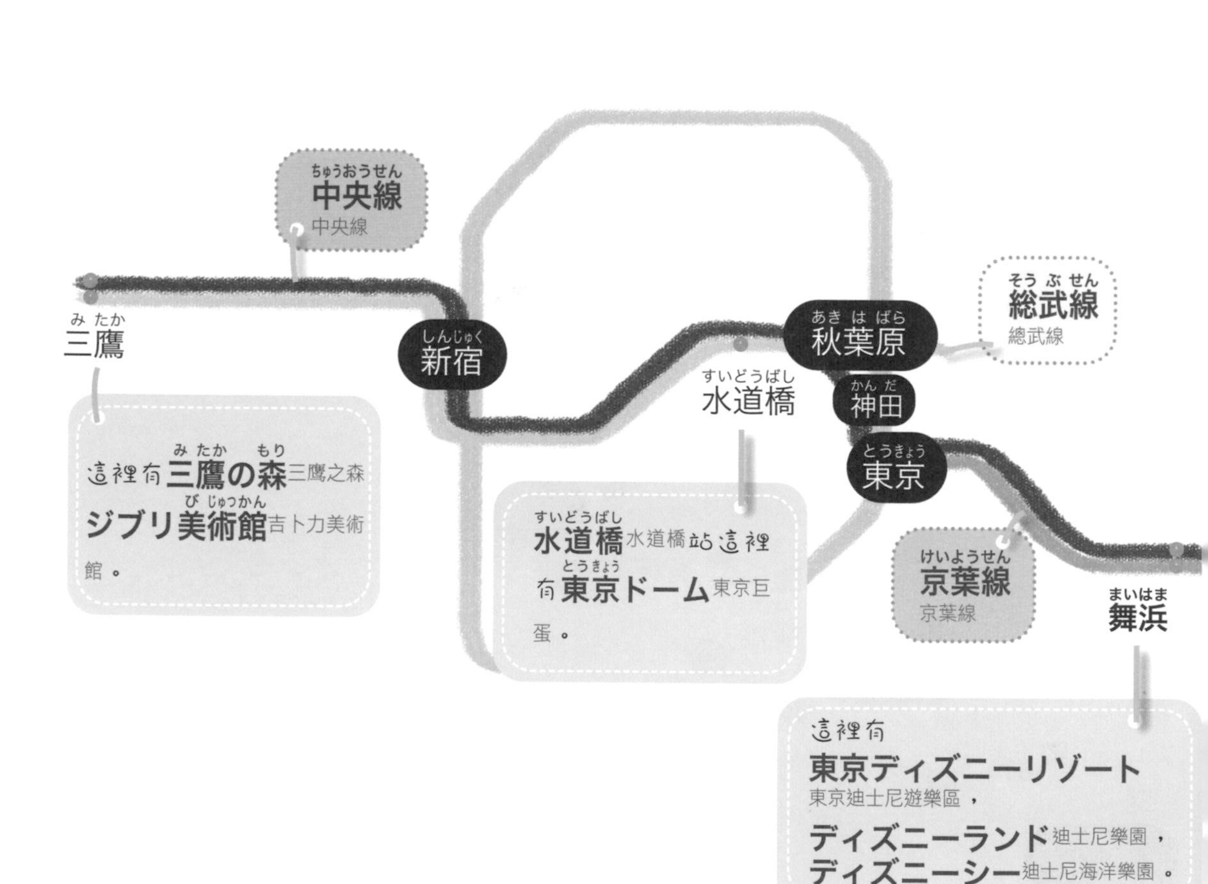

現在，讓我們來看一看**地下鉄**（ちかてつ）地鐵的**銀座線**（ぎんざせん）銀座線、**日比谷線**（ひびやせん）日比谷線、**丸の内線**（まるのうちせん）丸之內線的**路線**（ろせん）路線吧。

銀座線（ぎんざせん）
銀座線

這個**緑**（みどり）綠色的**点**（てん）點是可以**乗り換え**（のりかえ）轉乘**山手線**（やまのてせん）山手線的地方。

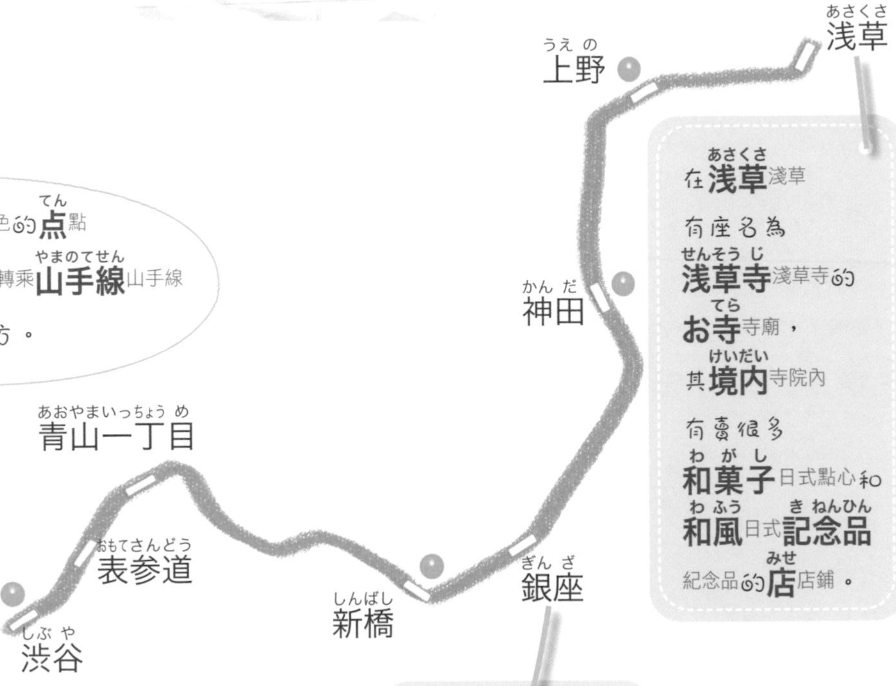

浅草（あさくさ）

上野（うえの）

神田（かんだ）

銀座（ぎんざ）

新橋（しんばし）

青山一丁目（あおやまいっちょうめ）

表参道（おもてさんどう）

渋谷（しぶや）

在**浅草**（あさくさ）淺草有座名為**浅草寺**（せんそうじ）淺草寺的**お寺**（てら）寺廟，其**境内**（けいだい）寺院內有賣很多**和菓子**（わがし）日式點心和**和風**（わふう）日式**記念品**（きねんひん）紀念品的**店**（みせ）店鋪。

銀座（ぎんざ）銀座是聚集很多名牌商店與高級餐廳的奢華天堂。

日比谷線
日比谷線

上野

秋葉原

日比谷

銀座

東銀座

築地

六本木

恵比寿

在六本木六本木這裡有六本木ヒルズ六本木之丘、如東京ミッドタウン東京中城的ショッピングモール購物中心。

在築地築地有海鮮市場，可以吃到便宜又新鮮的寿司壽司。

複雑（ふくざつ）すぎると、わかりにくいから。 P3-3-05

弄得太複雜的話，就很難懂了。

面倒（めんどう）くさかったんじゃないの？ P3-3-06

這樣不就很麻煩嗎？

複雑（ふくざつ） 複雜　～すぎる 過於～
わかりにくい 不容易懂（わかり 知道＋～にくい 難～）　～から 因為～
面倒（めんどう）くさい 麻煩

售票機的使用方法

電車(でんしゃ)電車切符(きっぷ)車票一般都是透過**きっぷうりば**售票處的**券売機**(けんばいき)自動售票機購買。

一般的駅(えき)車站都是沒有駅員(えきいん)站務員直接(ちょくせつ)直接販売(はんばい)銷售票的窓口(まどぐち)售票口，所以一定要記住自動售票機的使用方法哦。

售票機的構造

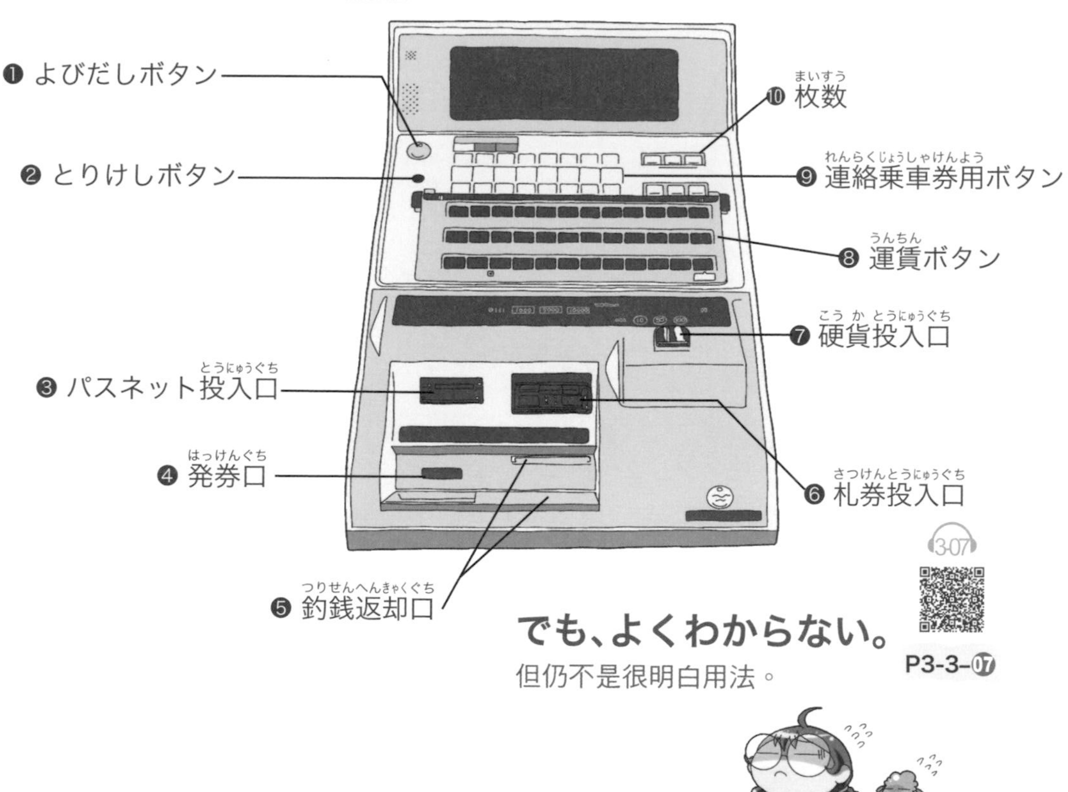

でも、よくわからない。

但仍不是很明白用法。

P3-3-07

でも 但是⋯ よく 很 わかる 明白

❶ **よびだしボタン：** 呼叫鈕

呼叫駅員(えきいん)站務員時使用。

❷ **とりけしボタン：** 取消鈕

重新選擇時使用。

❸ **パスネット投入口(とうにゅうぐち)：** 定額票投入口

「パスネット」簡單來說就是指像悠遊卡的東西啦！

❹ **発券口(はっけんぐち)：** 出票口

發出 切符(きっぷ)車票 的地方。

❺ **釣銭返却口(つりせんへんきゃくぐち)：** 退幣口

找 おつり零錢 的地方。

❻ **札券投入口(さつけんとうにゅうぐち)：** 紙幣投入口

「札券(さつけん)」是「紙幣券」，為書面語，即口語的紙幣「お札(さつ)」。

❼ **硬貨投入口(こうかとうにゅうぐち)：** 投幣口

「硬貨(こうか)」為「金屬錢幣」，日常會話中並不常用。口語的硬幣為「小銭(こぜに)」或「コイン」。

❽ **運賃(うんちん)ボタン：** 車資按鈕

票的金額按鈕。售票機上的路線圖中顯示了到達站點的車票金額，只要按照車票金額進行操作就可以了。

❾ **連絡乗車券用(れんらくじょうしゃけんよう)ボタン：** 聯絡乘車票用按鈕

若目的地會 経由(けいゆ)路過 不同的 鉄道会社(てつどうがいしゃ)鐵路公司 的 路線(ろせん)路線 則可操作此按鈕作跨公司的購票。

❿ **枚数(まいすう)：** 張數

選擇一次性購買的車票張數時使用的按鈕。購買數為一張至三張。

利用售票機購票

3-08

何(なに)、これ。

這個是什麼啊？

P3-3-08

前(まえ)のと全然(ぜんぜん)違(ちが)うじゃん。

跟前面的完全不同嘛！

正如前面所說的一樣，在日本有很多鐵路公司。

所以售票機也會因公司的不同，機型構造也有所不同。

即使是同一個公司的售票機，也分為**新型(しんがた)**新型和**旧型(きゅうがた)**舊型兩種，種類繁多。

但是使用方法大致相同，到也不用太擔心。

那麼，我們先來使用在日本使用率最高的**JR線(せん)**JR線的**券売機(けんばいき)**售票機來購買**切符(きっぷ)**車票吧！我們先來看看售票機上的路線圖。

在路線圖中看目的地的話，站點下面會有數字。

那便是**当駅(とうえき)**目前所在車站到目的地車站的費用。

何（なに）什麼　これ 這個　前（まえ）前面　全然（ぜんぜん）完全　違（ちが）う 不同

確認金額後，

在画面(がめん)畫面中選擇切符(きっぷ)車票的值段(ねだん)價格後押(お)す按下按鈕。

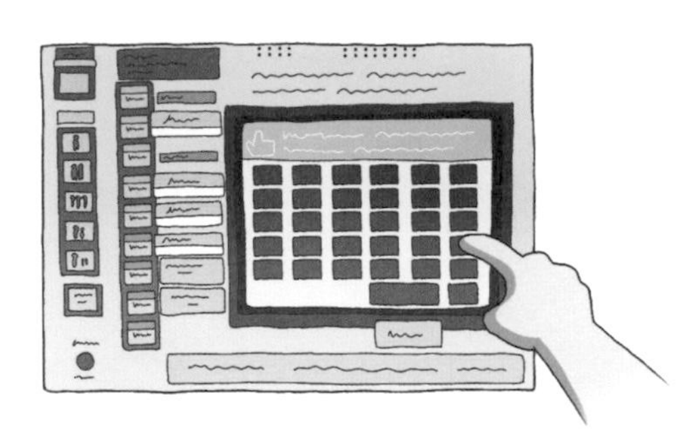

然後在一番(いちばん)最左(ひだり)左邊的ボタン按鈕中選擇人数(にんずう)人數押(お)す按下按鈕。

黒(くろ)黑色大人圖案的按鈕表示大人(おとな)大人。

赤(あか)紅色小孩圖案的按鈕表示子供(こども)小孩。

3-09

P3-3-09

10円(えん)未満(みまん)のSuica残額(ざんがく)はご利用(りよう)できません。

當Suica票卡（像悠遊卡的儲值卡）餘額低於10元後便無法再用。

只要將足夠的お金(かね)錢投進去，就會掉出切符(きっぷ)車票。

~円（えん）日元　未満（みまん）未滿　残額（ざんがく）餘額　利用（りよう）利用　できる 可以~

補票機的使用方法

改札口(かいさつぐち)剪票口的**周辺**(しゅうへん)周圍有與**券売機**(けんばいき)售票機

形狀差不多的**精算機**(せいさんき)補票機。

這裡的**「のりこし」**指的是「坐過站」的意思。

而**「精算機**(せいさんき)**」**則是「補票機」的意思。

「のりこし精算機(せいさんき)**」**是對於**切符**(きっぷ)車票**購入**(こうにゅう)購買錯誤或**途中**(とちゅう)途中更換**目的地**(もくてきち)目的地

而造成購票的**値段**(ねだん)價格不足的**場合**(ばあい)情況下，需要補上票價差額的**機械**(きかい)機器。

使用方法超級簡單！！

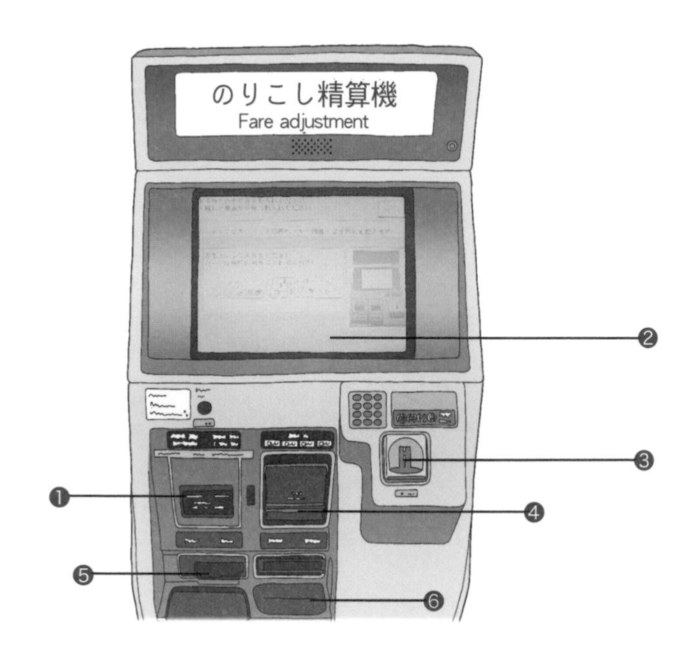

將今（いま）現在持有的切符（きっぷ）車票いれる放入至❶。

那麼，❷画面（がめん）畫面中會將票追加（ついか）增補金額（きんがく）金額表示（ひょうじ）顯示出來。

若以細（こま）かいお金（かね）零錢支付的情況從❸投幣，若以お札（さつ）紙幣支付的情況，

則從❹中將お金（かね）錢いれる放進去。

如此一來，從❺的位置就會掉出精算券（せいさんけん）補票，

若還有おつり找錢，會從❻的口中掉出（で）る出來。

搭乘電車

買了電車票後，就跟著搭乘路線的指標前進。

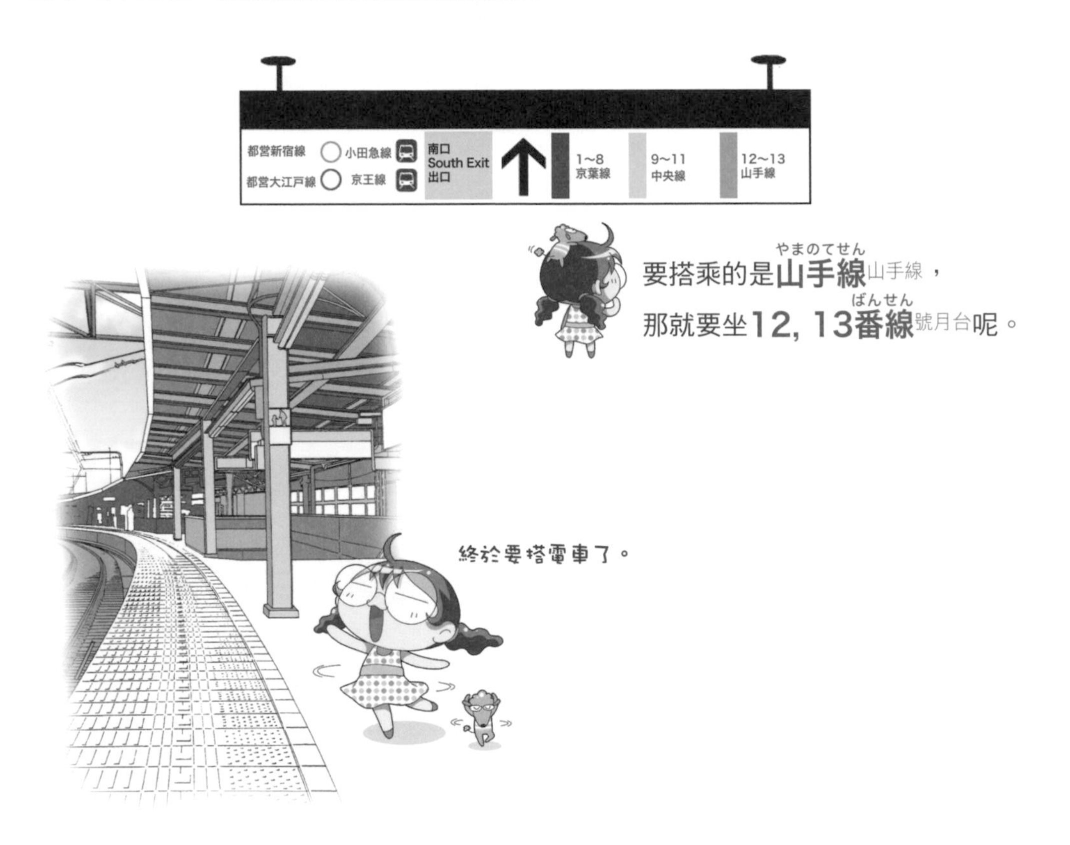

但別以為這樣子麻煩就結束了。

日本的電車系統，即使在同樣的路線，要到同一個站點，還有分

「每站都停」的**普通電車**（ふつうでんしゃ）普通電車（也稱**各駅電車**（かくえきでんしゃ）每站都停的電車）與

「指定站點停車」的**快速電車**（かいそくでんしゃ）高速電車、**特急電車**（とっきゅうでんしゃ）特急電車、**急行電車**（きゅうこうでんしゃ）急行電車。

所以，若萬一你搭錯車種，恐怕就會坐過站而無法順利下車。

所以上車前務必多加確認。

雖然日本的電車系統相當複雜，但只要弄清楚搭乘車種，它其實真的是挺方便的。

如果你進了**プラットホーム**月台後仍無法確定該搭乘哪班電車，可以向**駅員**（えきいん）站務員詢問。在月台裡找尋站務員並非難事。

すみません。

請問。

3-10

P3-3-⑩

この電車（でんしゃ）、新宿駅（しんじゅくえき）まで行（い）きますか。

這班電車，是開往新宿站的嗎？

如果沒錯的話，站務員會回答你

這樣就可以安心上車了。

はい。 是的。

如果不是你要搭乘的電車，站務員可能會有很多種回答，如果月台沒有錯他可能會說：

3-11

いいえ、この次（つぎ）の電車（でんしゃ）です。 P3-3-⑪

不是，是下一班電車才對。

這時，你只要留在原地等下一班電車即可。

如果你選錯月台，

いや、ここじゃない。 不是，不是這裡。 P3-3-⑫

有時也不用敬語。

向（む）こうの方（ほう）に行（い）ってください。 P3-3-⑬

請至對面月台搭乘。

三番線（さんばんせん）の方（ほう）に行（い）ってください。 P3-3-⑭

請至三號月台搭乘。

這時，也許會得到很多預想不到的答覆，

所以務必要事先看清楚電車路線圖。

この 這個　電車（でんしゃ） 電車　駅（えき） 車站　行（い）く 去

次（つぎ） 下一個　ここ 這裡　～じゃない 不是～　向（む）こう 對面　～方（ほう） ～方向

三番線（さんばんせん） 三號月台

站內嚮導廣播

叮鈴鈴～～～

P3-3-⑮

まもなく、三番線(さんばんせん)に品川方面(しながわほうめん)の下(くだ)り電車(でんしゃ)が参(まい)ります。
危(あぶ)ないですから、黄色(きいろ)い線(せん)の内側(うちがわ)までお下(さ)がり下(くだ)さい。

在三號月台開往品川的電車馬上要進站了，為了您的安全，請退到黃色警戒線的後方。

到底在說什麼呢？
應該是說電車到站了吧。
真想知道廣播裡到底在說些什麼。

まもなく即將、**三番線(さんばんせん)**三號月台**に**到達**品川(しながわ)**品川**方面(ほうめん)**方面**の**的**下(くだ)り**下行**電車(でんしゃ)**電車**が**是**参(まい)ります**進入。**危(あぶ)ないですから**因為危險、**黄色(きいろ)い**黃色**線(せん)**線**の**的**内側(うちがわ)**內側**まで**到**お下(さ)がり下(くだ)さい**請退到。

在這裡我們要記住的是〇〇**番線(ばんせん)**號月台◇◇**方面(ほうめん)**方面**下(くだ)り**下行。

〇〇的部分是數字，所以讓我們再複習一下數字。

いち	に	さん	よん	ご	ろく	なな	はち	きゅう	じゅう
1	2	3	4	5	6	7	8	9	10

◇◇代表的是地區名稱，所以只要我們記住前面所介紹的地名就可以了。

下(くだ)り為「下行」，**上(のぼ)り**則是「上行」。

在電車內

在電車內出入口上方能看到這樣的路線圖畫面，所以相當便利。

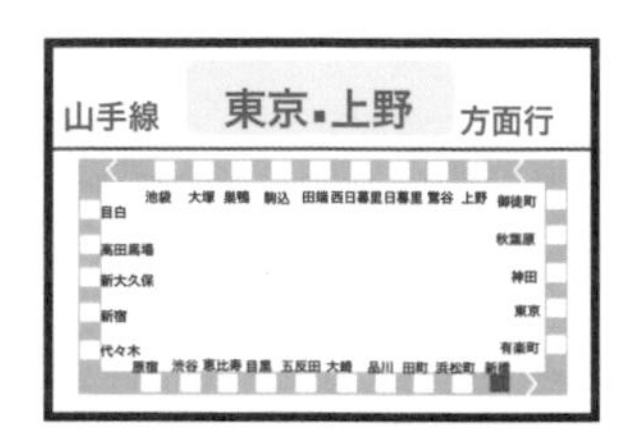

螢幕裡會介紹路線名、還有目前所在位置、終點和抵達剩餘時間。

3-13

やまのてせん　とうきょう　うえ の ほうめんゆき
山手線　東京・上野方面行

山手線　東京・上野方面行駛

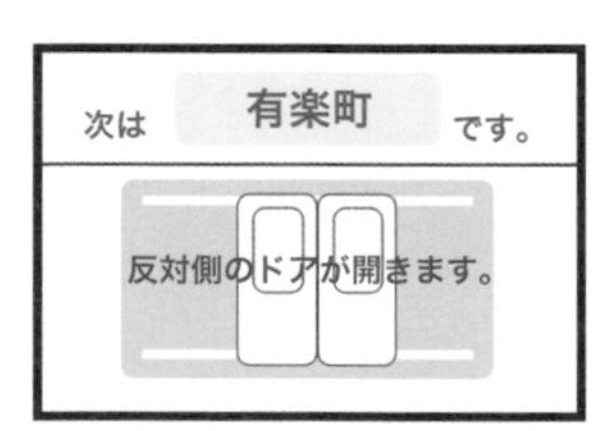

3-14

還會提醒下一站站名，

つぎ　ゆうらくちょう
次は有楽町です。 P3-3-⑯

下一站是有樂町。

3-15

及電車出入口的方向。

はんたいがわ　ひら
反対側のドアが開きます。 P3-3-⑰

開啟另一側的門。

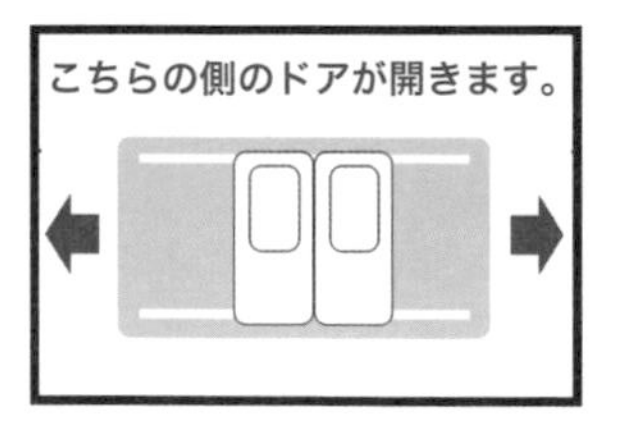

3-16

這時請向另一側的門前進，

かわ　ひら
こちらの側のドアが開きます。 P3-3-⑱

開啟這邊的門。

出電車後會有樓梯、電動手扶梯的位置及轉乘資訊的導引。

3-17

あんない
のりかえのご案内

轉乘資訊

次（つぎ）下一個　反対側（はんたいがわ）另一側　ドア 門　開（ひら）く 開啟　こちら 這邊

在電車站內

現在讓我們加強學習
在電車車站裡必備知識。

在台灣，將出口名稱分為1號出口、2號出口……，但在日本則是**東口**（ひがしぐち）東側出口、**西口**（にしぐち）西側出口等。

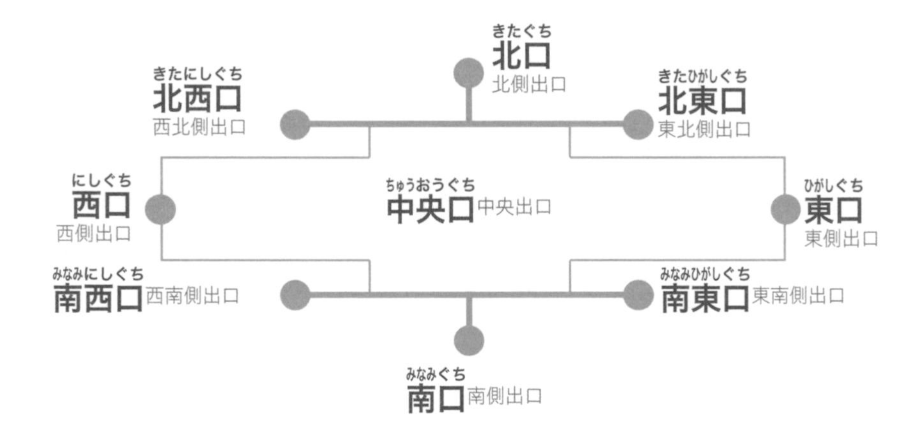

在這裡一定要記住的是**東**（ひがし）東、**西**（にし）西、**南**（みなみ）南、**北**（きた）北、**中央**（ちゅうおう）中央。

「東西南北」則唸**「東西南北」**（とうざいなんぼく）。

偶爾也會看到比較獨特的出口名，例如
渋谷駅（しぶやえき）涉谷站的**ハチ公口**（こうぐち）忠犬八公出口。
因為在涉谷站前的廣場有忠犬八公的銅像，
所以這個通道出口稱之為**ハチ公口**（こうぐち）忠犬八公出口。

みどりの窓口（まどぐち） 綠色窗口

設置在**JR線**（せん）JR線的車站內，
簡單來說就是「有站務員的售票處」。
車票的**払い戻し**（はらいもどし）退錢或遇到任何狀況時，
都可以在這裡要求處理。

コインロッカー 投幣式行李櫃

在車站內也會看見很多投幣式行李櫃。若你的行李過多時，行李櫃便可以暫時讓你輕鬆許多。另外為了方便各國旅客使用，使用說明也是多國語言版的。

行李大也不用擔心，
因為有專門存放
大行李的地方，
非常方便哦。

搭乘公車

現在開始搭乘日本的公車

若想搭乘公車，首先要到**バス乗(の)り場(ば)**公車站牌……

在日本通常是從後門上車，前門下車。但是依客運公司的種類不同，也是有前門上車，後門下車的情況存在。需注意的是，該從哪個門上車，車門上都會標示，下車時從**反対側(はんたいがわ)**相反方向（相反的門）下車即可。

入口(いりぐち)入口 ↔ **出口(でぐち)**出口

搭乘公車，我們可以看到一個標有**整理券(せいりけん)**計票卡的機器。

這是領取**乗車券(じょうしゃけん)**車票的機器。如果不領取，**料金(りょうきん)**費用（車資）有可能會高出很多，所以**必(かなら)ず**一定要記得領取。

在日本搭乘公車時需注意的一點是，在車輛運行中絕不可跑跳、亂動。日本很注重乘客安全問題，也就是說，看看快到站了，就站起來走動的話，可能難免會被司機修理一頓喲！

既負責又親切的司機……

但是車輛運行過程中若有人亂動，態度有可能會一百八十度的大轉變……

P3-3-⑲

危(あぶ)ないから、座(すわ)ってください。

很危險！請在座位上坐好。

有些公車還會張貼大大的注意告示。

走行中(そうこうちゅう)は運行中、**安全(あんぜん)**安全**の**的**ため**為了**つり革(かわ)**吊環**や**或**保護棒(ほごぼう)に**扶桿**おつかまり下(くだ)さい**請抓好。

在日本將「博愛座」稱為**優先席(ゆうせんせき)**博愛座。

おとしより老年人**や**或**からだの不自由(ふじゆう)な**殘障**方(かた)**人士**に席(せき)**座位**をおゆずりください**請讓。

危(あぶ)ない 危險　座(すわ)る 坐

下車前要先按下車鈴。

這裡有個提示的牌子。要
提示的是什麼呢？

とまります停車。

お降(お)りの方(かた)は下車的旅客**この**這個**ボタンを**按鈕**押(お)してください**請按。

鎖定下來～

呼～

下車時付款。
不用緊張，其實很簡單。

首先，讓我們看看**運転席(うんてんせき)**駕駛座上方的**電光掲示板(でんこうけいじばん)**電子顯示板。

我們可以看到在我們領取的車票的編號下面顯示了車資。

然後按照顯示的價格支付即可。

搭乘的距離越長，費用相對的就會越高。

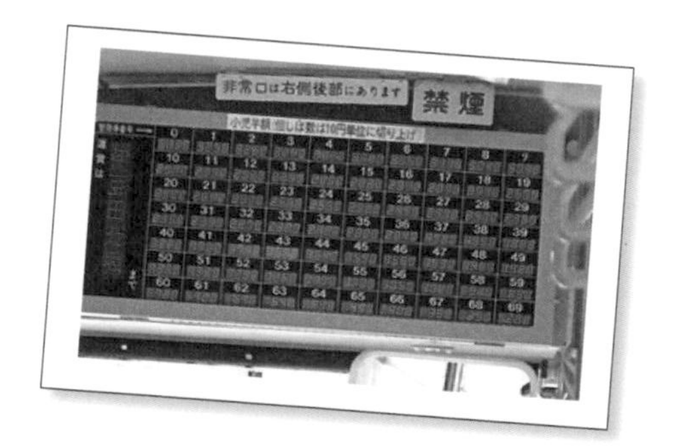

料金（りょうきん）費用（車資）需要放入擺放在**運転手**（うんてんしゅ）司機身旁的一台外觀複雜的**料金箱**（りょうきんばこ）投幣箱裡。

看到投幣箱……

真是複雜加上複雜！！！

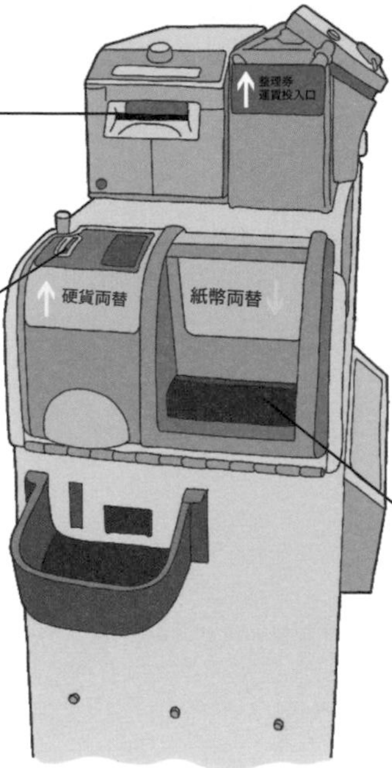

カード挿入口（そうにゅうぐち）

插卡處

是插入公車票的入口。

硬貨両替（こうかりょうがえ）

零錢兌換

大額的硬幣兌換為小額硬幣的投入口。

整理券（せいりけん）

運賃投入口（うんちんとうにゅうぐち）

計票卡、車資投入口

是乘車時領取的計票卡及車資的投入口。一定要投入足夠的金額費用。

紙幣両替（しへいりょうがえ）

紙幣兌換

將紙幣兌換為硬幣時的紙幣投入口。

整理券
運賃投入口
硬貨両替
紙幣両替

Tip

讓我們簡單整理一下乘車費用的支付方法。只要將足夠的金額投入到計票卡及車資投入口即可。之所以將投幣箱設計的這樣複雜，是為了方便沒有零錢的旅客可以兌換硬幣。簡單的說，有零錢的旅客只需要直接付車資就好，沒有零錢的可以兌換後再支付。

搭乘計程車

順便也試坐計程車吧。

跟台灣一樣，日本的計程車可以在路邊隨攔隨停，另外也可以在

タクシー乗(の)り場(ば)計程車招呼站搭乘。

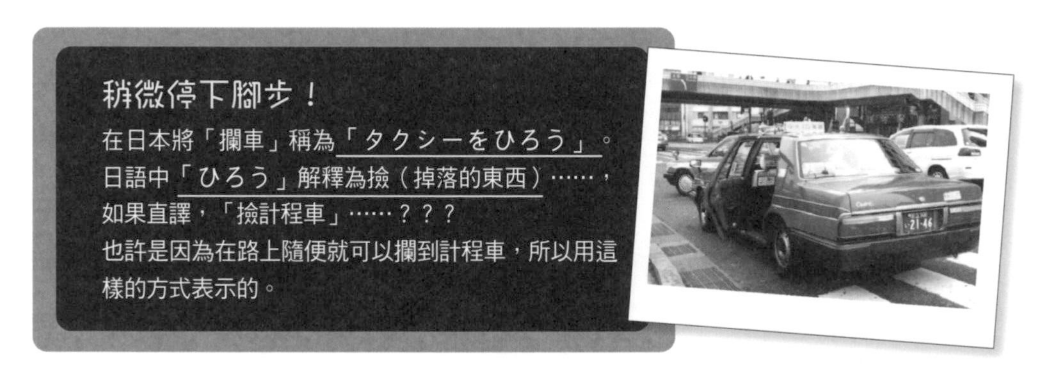

稍微停下腳步！

在日本將「攔車」稱為「タクシーをひろう」。

日語中「ひろう」解釋為撿（掉落的東西）……，

如果直譯，「撿計程車」……？？？

也許是因為在路上隨便就可以攔到計程車，所以用這樣的方式表示的。

日本計程車的車門是自動的，所以搭車時不用開門。

門的一側會有自動門的說明。

自動式(じどうしき)自動式**ですから**因為是**開閉(かいへい)は**開關**運転者(うんてんしゃ)に**司機**おまかせ下(くだ)さい**交給。

搭乘計程車時需要牢記的是

タクシー代(だい)計程車車資。

初乗(はつの)り起跳價 **410円(えん)**410日元

搭乘計程車時的基本對話

P3-3-⑳

搭乘計程車時

運転手(うんてんしゅ)：いらっしゃいませ。

司機　：您好，歡迎搭乘。1

ナナ　：東京駅(とうきょうえき)までお願(ねが)いします。2

娜娜　：我要去東京車站。

運転手(うんてんしゅ)：東京駅(とうきょうえき)ですね。かしこまりました。3

司機　：東京車站是嗎？我瞭解了。

下車時

運転手(うんてんしゅ)：東京駅(とうきょうえき)に着(つ)きました。4

司機　：東京車站到了。

ナナ　：料金(りょうきん)は… 2800円(えん)ですね。どうぞ。5

娜娜　：車資是……2800日元。對吧！請收下。

運転手(うんてんしゅ)：ちょうど2800円(えん)いただきました。6

司機　：2800日元，沒錯。

ありがとうございます。

非常感謝。

運転手(うんてんしゅ) 司機　**東京(とうきょう)** 東京　**駅(えき)** 站　**まで** 到　**願(ねが)う** 拜託
かしこまる 「わかる 知道、理解」的謙讓語　**着(つ)く** 到達　**料金(りょうきん)** 費用
どうぞ 請　**ちょうど** 剛好　**いただく** 「もらう 接受」的謙讓語

更多動詞表現

行（い）く 去

来（く）る 來

入（はい）る 進入

選（えら）ぶ 選擇

払（はら）う 支付

買（か）う 購買

出（で）る 出去

歩（ある）く 走

止（と）まる 停止

待（ま）つ 等待

見（み）る 看

走（はし）る 跑

乗(の)る 搭乘

立(た)つ 站立

座(すわ)る 坐

読(よ)む 唸

寝(ね)る 睡、就寢

起(お)きる 起來、起床

降(お)りる 下

聞(き)く 聽、問

向(む)かう 向；向著…而去

到着(とうちゃく)する 抵達

探(さが)す 尋找

見(み)つける 發現

出(だ)す 取出

食(た)べる 吃

飲(の)む 喝

片付(かたづ)ける 收拾

拾(ひろ)う 撿

散歩(さんぽ)する 散步

話(はな)す 聊天

（写真(しゃしん)を）撮(と)る 照（相）

言(い)う 說

頼(たの)む 拜託

書(か)く 寫

ホテル
Chapter 4
ホテルで
飯店住宿
HOTEL

到達飯店

這裡是商務飯店

到着(とうちゃく)抵達ホテル飯店後可以直接到ロビー階(かい)大廳的フロント大廳櫃台。

401

P3-4-01

やっと着(つ)いた。
終於到了。

ビジネスホテル商務飯店通常是**出張**(しゅっちょう)出差時**ビジネスマン**上班族最常**利用**(りよう)利用、使用的飯店。這些飯店的優點通常是，不僅距離**駅**(えき)車站近，而且**値段**(ねだん)價格比較低廉。所以，不論**内国人**(ないこくじん)本國人或**外国人**(がいこくじん)外國人，就是**旅行者**(りょこうしゃ)旅客投宿也相當合適。與**高級**(こうきゅう)**ホテル**高級飯店略有不同，**チェックイン**住房登記之後，不會有搬運**荷物**(にもつ)行李的**ベルボーイ**行李員或**ポーター**搬運人員。

やっと 好不容易、終於　着(つ)く 抵達

走進**ロビー**大廳，可以看到分為**外国人用**（がいこくじんよう）外國人用與**内国人用**（ないこくじんよう）本國人用的**フロント**大廳櫃台。

4-02

こっちだ。
就是這裡。

P3-4-02

到達大廳後，

4-03

チェックインお願（ねが）いします。請幫我登記住房。

P3-4-03

之後就可以把**ホテルバウチャー**飯店憑證交給對方。

外國人用櫃台的服務人員有時會講英語，
若希望對方講日語，可以這樣表達。

4-04

P3-4-04

日本語（にほんご）でお願（ねが）いします。
請您說日語。

こっち 這裡　～だ 是～　チェックイン 住房登記　願（ねが）う 請求、要求　日本語（にほんご）日語
～で 用～

4-05

登記

住房登記 P3-4-05

フロント：ナナ様（さま）ですか。 1

大廳櫃台：是娜娜小姐嗎？

ナナ：はい。

娜娜：是的。

フロント：シングル・ルームで、今日（きょう）から四日（よっか）まで三泊（さんぱく）ですね。 2

大廳櫃台：您訂的房間是單人房，時間是從今天起四天三夜對嗎？

ナナ：はい。

娜娜：是的。

預約飯店房間時

隻身旅遊時建議可訂シングル單人房，兩人時則建議訂ツイン雙人房（兩張小床）或ダブル雙人房（雙人床），三人時則建議訂トリプル・ルーム三人房。

預約時！一定要掌握的用法

★兩天一夜 一泊二日（いっぱくふつか）　★三天兩夜 二泊三日（にはくみっか）

★四天三夜 三泊四日（さんぱくよっか）　★五天四夜 四泊五日（よんはくいつか）

★六天五夜 五泊六日（ごはくむいか）　★七天六夜 六泊七日（ろっぱくなのか）

フロント：パスポートを拝見（はいけん）させていただきます。 3

大廳櫃台：請出示您的護照。

ナナ：どうぞ。

娜娜：請看。

～ですか 是～嗎？　今日（きょう）今天　～から 從～　四日（よっか）四天　～まで 到～　三泊（さんぱく）三夜
パスポート 護照　拝見（はいけん）する「見（み）る」的謙讓語　どうぞ 請求對方允許或作出請求時使用的話

フロント：部屋（へや）は24階（かい）の32号室（ごうしつ）です。④
您的房間為24樓的32號房。
こちらが部屋（へや）の鍵（かぎ）です。⑤
這是房間的鑰匙。
カードタイプになっています。⑥
是卡片形式。
そして、こちらが朝食券（ちょうしょくけん）です。⑦
還有，這個是早餐券。

ナナ：はい。
好的。

フロント：四日（よっか）のチェックアウトは、10時（じ）までです。⑧
第四天的退房時間到10點。

ナナ：はい。
好的。

フロント：それでは、どうぞゆっくりおくつろぎください。⑨
那麼，請好好休息。

ナナ：どうも。⑩
謝謝。

部屋（へや）房間　～階（かい）～樓　～号室（ごうしつ）～號房　こちら 這裡　鍵（かぎ）鑰匙
朝食券（ちょうしょくけん）早餐券　チェックアウト 退房　それでは 那麼　ゆっくり 慢慢
くつろぐ 放鬆

時（じ） 小時

一時（いちじ）	二時（にじ）	三時（さんじ）	四時（よじ）
一點	兩點	三點	四點
五時（ごじ）	六時（ろくじ）	七時（しちじ）	八時（はちじ）
五點	六點	七點	八點
九時（くじ）	十時（じゅうじ）	十一時（じゅういちじ）	十二時（じゅうにじ）
九點	十點	十一點	十二點

「上午」是**「午前（ごぜん）」**，「下午」是**「午後（ごご）」**。

分（ふん） 分

一分（いっぷん）	二分（にふん）	三分（さんぷん）	四分（よんぷん）	五分（ごふん）
一分	兩分	三分	四分	五分
六分（ろっぷん）	七分（ななふん）	八分（はちふん）	九分（きゅうふん）	十分（じゅっぷん）
六分	七分	八分	九分	十分

二十分（にじゅっぷん）	二十分	三十分（さんじゅっぷん）	三十分	四十分（よんじゅっぷん）	四十分
五十分（ごじゅっぷん）	五十分	六十分（ろくじゅっぷん）	六十分	七十分（ななじゅっぷん）	七十分
八十分（はちじゅっぷん）	八十分	九十分（きゅうじゅっぷん）	九十分	百分（ひゃっぷん）	一百分

也可以將「三十分」稱為「半（はん）半」。

那麼，現在去服務台問退房的時間。

P3-4-06

めんどうくさいから、後（あと）で聞（き）こう。

挺麻煩的，下次再問好了。

P3-4-07

チェックアウトは、何時（なんじ）までですか。

退房的時間最晚是到幾點呢？

めんどうくさい 麻煩　後（あと）で 之後、最後　聞（き）く 問　何時（なんじ） 幾點　～まで 到～

客房　客房鑰匙卡使用方法

雖然房間旁邊的ドアの開(あ)け方(かた)房門開啟的使用說明已經詳細地將カードキー客房鑰匙卡的使用方法解說一遍……

4-10

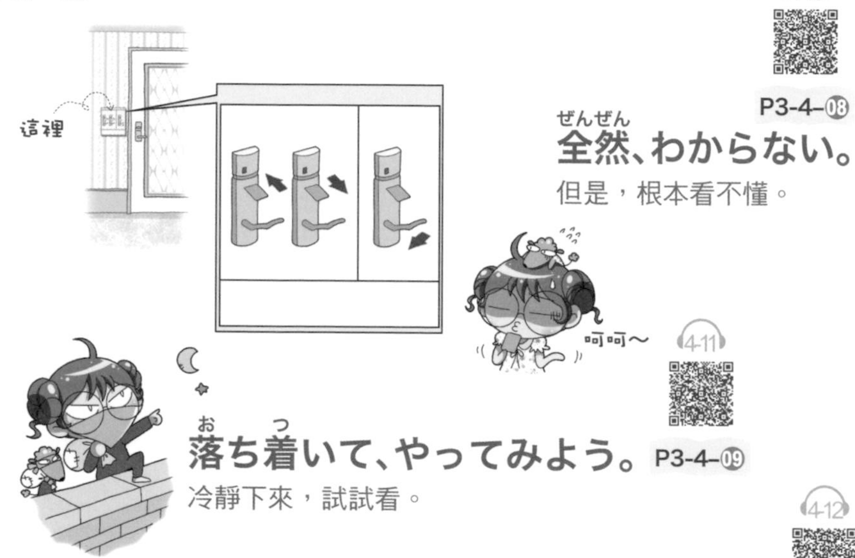

P3-4-08

全然(ぜんぜん)、わからない。

但是，根本看不懂。

4-11

落(お)ち着(つ)いて、やってみよう。 P3-4-09

冷靜下來，試試看。

4-12

カードを矢印(やじるし)の方向(ほうこう)に差(さ)し込(こ)んで抜(ぬ)いてください。 P3-4-10

請依卡片的箭頭方向插入門把中的孔後再拔出來。

全然(ぜんぜん) 根本、完全　わかる 明白、瞭解　落(お)ち着(つ)く 沉著、冷靜　やる 做
カード 卡片　矢印(やじるし) 箭頭　方向(ほうこう) 方向　差(さ)し込(こ)む 插入、放進
抜(ぬ)く 拿出、拔　～てください 請～

P3-4–⑪

緑(みどり)ランプがつきましたら、ドアハンドルを回(まわ)してください。

綠燈亮時，請扭轉門的把手。

開(あ)いた、開(あ)いた～。 P3-4–⑫

打開了，打開了～。

意外(いがい)と簡単(かんたん)だね。

沒想到這麼簡單。

赤(あか)いランプが点灯(てんとう)した場合(ばあい)、ドアは開(ひら)きませんので、フロントへお問(と)い合(あ)わせください。 P3-4–⑬

若出現紅燈閃爍的情況，此時無法正常開啟，請至櫃台詢問。

…なんだって。

…原來是這樣。

緑(みどり) 綠色　ランプ 燈　つく 附上；（電器）打開、發亮　ドアハンドル 門把　回(まわ)す 扭轉
開(あ)く 開　意外(いがい) 意外　簡単(かんたん) 簡單　赤(あか)い 紅色　点灯(てんとう) 開燈
場合(ばあい) 情況　ドア 門　開(ひら)く （原本關著的）開了　フロント 大廳櫃台
問(と)い合(あ)わせる 詢問、諮詢

在客房裡

4-16

あ～、ベッドだ。 P3-4-⑭

啊～，床啊。

4-17

疲(つか)れた。 P3-4-⑮

好累啊。

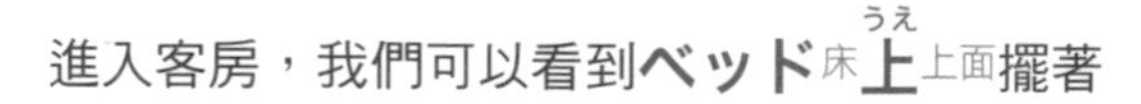

進入客房，我們可以看到**ベッド**床**上(うえ)**上面擺著

所謂「浴衣」是棉製的夏季**着物(きもの)**和服，是**夏(なつ)**夏季參加**祭(まつり)**慶典或**花火大会(はなびたいかい)**煙火大會時必穿的日本傳統服飾。客房內提供的浴衣算不上是正式的浴衣，可以說是類似**ガウン**睡衣的衣物。

ベッド 床　疲(つか)れる 累、疲勞

電気製品(でんきせいひん)電器用品一般備有**テレビ**電視、**冷蔵庫**(れいぞうこ)冰箱、**電話**(でんわ)電話。

還有提供喝茶時需要的**ポット**熱水壺，

也有些飯店用**クッキングヒーター**電磁爐

ケトル平底壺來代替。

請注意！！！

這裡說的**ケトル**指的是底面平的水壺，而一般的「水壺」被稱為**「やかん」**。

ドライヤー吹風機一般放置在化妝台或浴室的牆壁上。

也有些會放在**引き出し**(ひきだし)抽屜裡

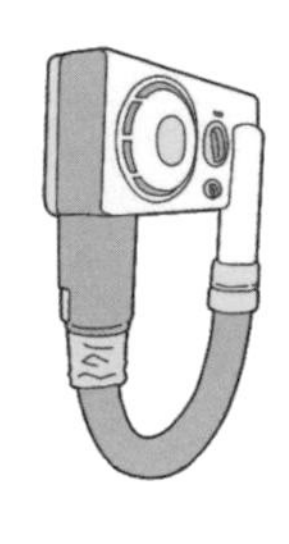

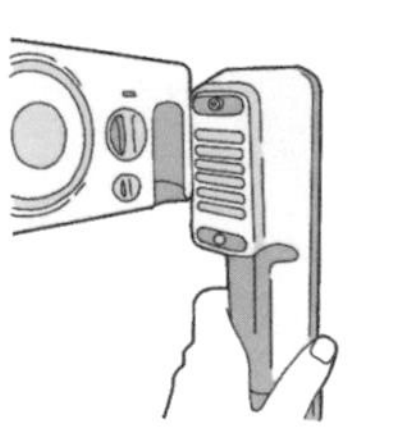

4-18

髪(かみ)**の毛**(け)**を乾**(かわ)**かす。**

吹乾頭髮。

P3-4-⑯

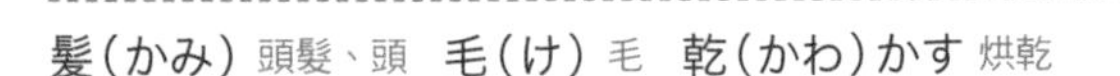

髪(かみ) 頭髮、頭　毛(け) 毛　乾(かわ)かす 烘乾

客房內的浴室(よくしつ)浴室通常為ユニットパス一體化浴室。

一體化浴室即指便器(べんき)馬桶、洗面器(せんめんき)洗臉台、浴槽(よくそう)浴缸、電気施設(でんきしせつ)電器設備為一體化的工業生産(こうぎょうせいさん)工業生產浴室。

馬上放下！！

あしふき
擦腳巾

掛在浴缸上的**あしふき**擦腳巾，要擺放在地上只用來擦腳的。

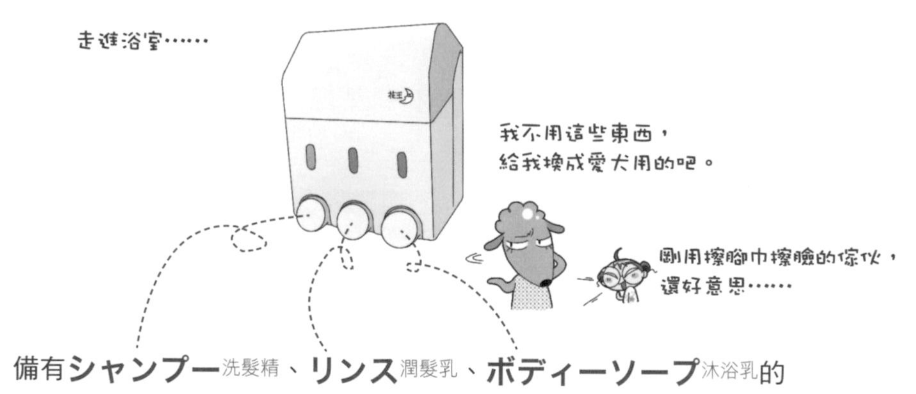

備有**シャンプー**洗髮精、**リンス**潤髮乳、**ボディーソープ**沐浴乳的盒子會設在牆壁上，而**タオル**毛巾也是掛在牆壁上。

使い捨て用品(つかいすてようひん)用過即丟的（用品）有**歯**(は)**ブラシ**牙刷、**カミソリ**刮鬍刀、**シャワーキャップ**浴帽、**ゴム**扎頭髮的橡皮筋、**綿棒**(めんぼう)棉花棒等。

日本將如廁用衛生紙和平時用的衛生紙劃分的相當清楚，所以其名稱也並不相同。「如廁用衛生紙」稱為**トイレットペーパー**，「平時用衛生紙」稱之為**ティッシュ**。

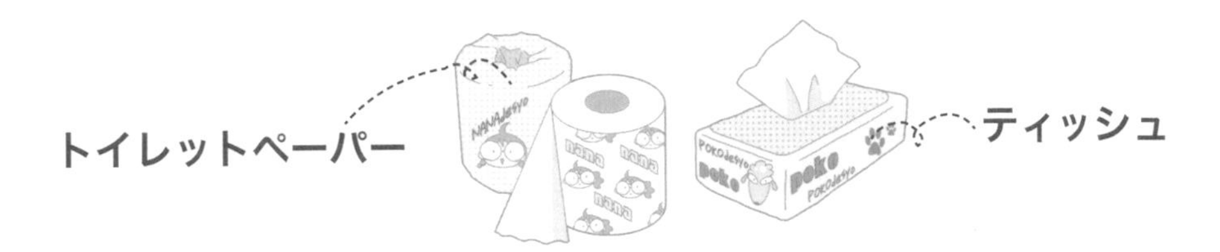

客房的**ドアノブ**門把上掛有表示狀況的**プレート**金屬板，需要整理客房時可以掛在門的外側。

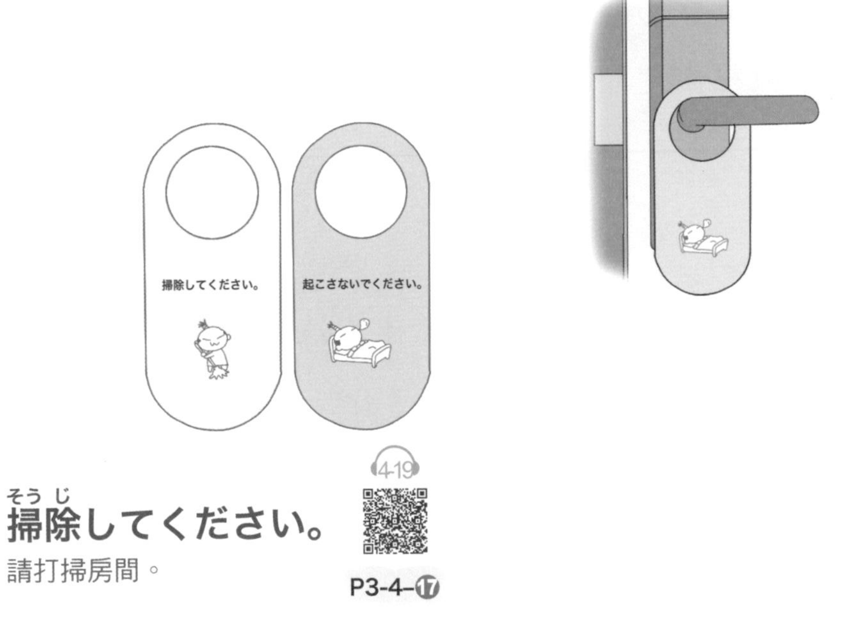

4-19

掃除(そうじ)してください。
請打掃房間。

P3-4-⑰

起(お)こさないで下(くだ)さい。 P3-4-⑱
請勿打擾。

掃除(そうじ) 清掃　する 做　～てください 請～　起(お)こす 叫醒　～ないでください 請不要～

飯店早餐

在飯店吃早餐

チェックイン住房登記的同時會收到的**ご朝食券**早餐券，

一般的**ビジネスホテル**商務飯店都會提供早餐券。

雖然依飯店的不同提供的早餐券也不一樣，且都標有**営業時間**營業時間，**有効期間**有效期間和**レストラン**餐廳的所在位置。

最常見的是**バイキング料理**西式自助餐的餐廳形式，但提供**和食**日式和**洋食**西式的食物。

那～就去吃飯吧。

二階のレストランで、7時から10時までね。 P3-4-⑲

在二樓的餐廳，營業時間從七點到十點對吧！

若要吃日式早餐，
一定要早點去。
如果晚了，
就吃不到好料的啦。

二階（にかい）二樓　レストラン 餐廳　～で 在～　～から～まで 從～到～

お一人様（ひとりさま）ですか。 P3-4-⑳

您只有一位嗎？

はい。

是的。

將早餐券交給餐廳櫃台，就可以用餐啦。

どれもおいしそう～。 P3-4-㉑

都很好吃的樣子耶～

おいしい。 P3-4-㉒

真好吃。

因為是自助餐，所以難免會吃到太撐。

もう、食（た）べられない。 P3-4-㉓

吃不下去啦。

食（た）べすぎはやめましょう。 P3-4-㉔

還是別吃過多的好。

一人（ひとり） 一人　様（さま） 先生、女士　どれ 什麼、哪個　おいしい 好吃　～そうだ 好像～
もう 已經、已　食（た）べる 吃　～すぎる 過於～　やめる 放棄

朝食(ちょうしょく)メニュー

早餐菜單

13
ご飯米飯
15
野菜炒め炒蔬菜
17
焼き魚煎魚
14
のり海苔
16
巻き卵千層蛋
18
味噌汁味噌湯
19
スープ湯
20
おかゆ粥
21
コーンフレーク
玉米片
22
牛乳＝ミルク牛奶
コーヒー咖啡
27
23 オレンジジュース
柳橙汁
24 りんごジュース
蘋果汁
25 緑茶緑茶
26 紅茶紅茶

退房

雖然捨不得，但還是要退房

雖然捨不得，但已經是該退房的時候了！！！

要整理好自己的行李和**おみやげ**禮物。

稍等，請注意！！

「禮物」被稱為**「プレゼント」**或**「おくりもの」**，但是**「おみやげ」**雖然是禮物，但意思上不太一樣。**「プレゼント」**或**「おくりもの」**通常是指節日或慶祝時送出的禮物。

而**「おみやげ」**是指如**旅行**（りょこう）旅行或**出張**（しゅっちょう）出差時，從特定地點買回來送親友的禮物。

整理好行李就要在退房時間前**チェックアウト**退房登記。

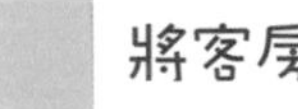 將客房卡交給對方

P3-4-25 

ナナ　　：あの、チェックアウトお願（ねが）いします。①

娜娜　　：你好，我要退房。

フロント：はい。かしこまりました。②

大廳櫃台　：好的，我知道了。

2432号室（ごうしつ）ですね。

2432號房間對吧！

少々（しょうしょう）お待（ま）ちください。

請稍候片刻。

チェックアウト 退房登記　願（ねが）う 要求、請求　かしこまる 「わかる 知道、瞭解」的謙讓語

号室（ごうしつ）號房　少々（しょうしょう）少許　待（ま）つ 等

若在房間內有撥電話時需加付**電話料金**(でんわりょうきん)電話費用或有任何**追加料金**(ついかりょうきん)追加費用時，皆需要在結算追加費用；如果沒有，打過招呼後就可以離開了。

有追加費用的情況

フロント：追加料金(ついかりょうきん)**の明細**(めいさい)**です。** ③
這是追加費用的清單。
ご確認(かくにん)**ください。**
請確認。

ナナ　　：はい。
好的。

4-26

沒有追加費用的情況

フロント：ありがとうございました。また、お越(こ)**しくださいませ。** ④
謝謝，歡迎下次光臨。

ナナ　　：はい。どうも。
好的。謝謝。

追加(ついか) 追加　料金(りょうきん) 費用　明細(めいさい) 清單　確認(かくにん) 確認　する 做
～てください 請～　ありがとうございます 謝謝　また 又、並　越(こ)す 超過、超越
お越(お)し 「來、去」的敬語

更多形容詞表現

立刻來瞭解更多的形容詞。我們來看看還有哪些？

あま
甘い 甜的
にが
苦い 苦的
から
辛い 辣的
しょっぱい
しおから
塩辛い
鹹的
漫畫
おもしろい 有趣的
つまらない 無聊的
たか
高い 高的、貴的
やす
安い 便宜的
おお
大きい 大的
ちい
小さい 小的
おお
多い 多的
すく
少ない 少的
おも
重い 重的
かる
軽い 輕的

尋找隱藏的圖❸

ねずみ、 かびん、 ほね、 せんす、 かも

正確答案＆單字的涵義 → p.190

Chapter 5
食(た)べたり、飲(の)んだり。
吃吃喝喝

日本料理基本表現

用餐之前的表現

這是日本最普通的飯桌。

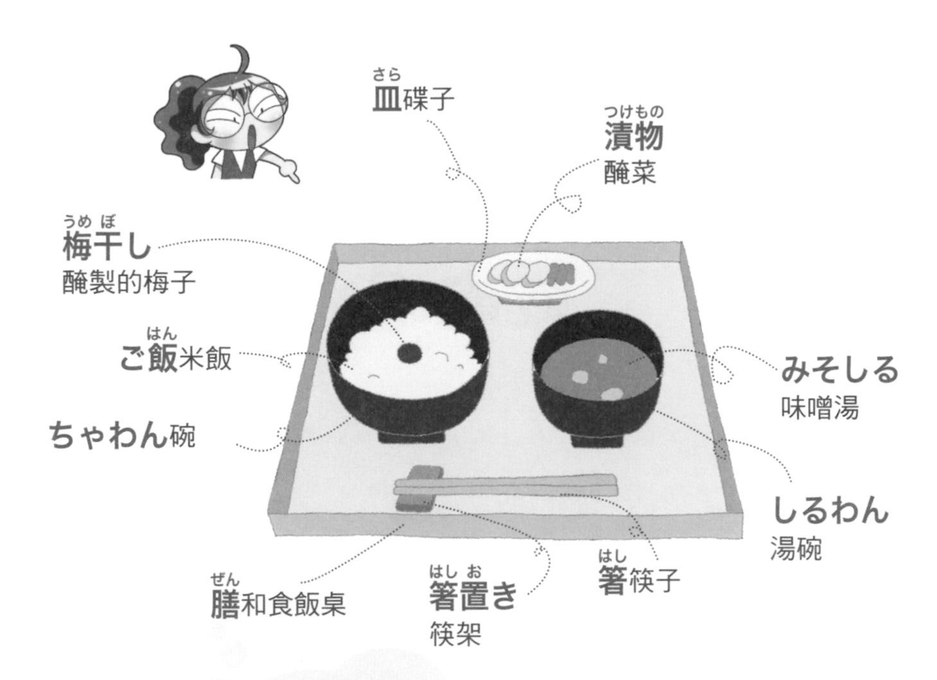

膳（ぜん）是指裝有**一人前**（いちにんまえ）一人份的**食器**（しょっき）餐具和**食べ物**（たもの）食物的小飯桌。一般的飯桌則稱為**「トレイ」**或**「おぼん」**。

要不要順便瞭解一下其它的內容呢？

飯的種類

ご飯(はん)米飯的種類一般分為

お粥(かゆ)粥、**チャーハン**炒飯、**豆(まめ)ご飯(はん)**豆子米飯、**赤飯(せきはん)**紅豆糯米飯等。

豆(まめ)は大嫌(だいきら)い。
超討厭豆子。

P3-5-01

我也討厭豆子。

還有一種米飯稱為「**炊(た)き込(こ)みご飯(はん)**」，但是很少會直接將它單純地稱為「米飯」。
因為這是用**米(こめ)**米添加特殊的材料後烹製而成的**料理(りょうり)**料理。
特殊材料有**栗(くり)**栗子、**竹(たけ)の子(こ)**竹筍、**松茸(まつたけ)**松茸、**さつま芋(いも)**番薯等。

松茸(まつたけ)ご飯(はん)

おいしそう。 P3-5-02
好像很好吃。

與上句語意相同。

うまそう。
好像很好吃。
P3-5-03

Tip

「好吃」可以譯為「**おいしい**」或「**うまい**」。「**おいしい**」的主要使用族群為女性。「**うまい**」的主要使用群本來是男性，但在近代這兩個表現已不分男女了。

豆(まめ) 豆　大嫌(だいきら)いだ 超討厭　おいしい 好吃　～そうだ 好像～的樣子　うまい 好吃

湯的種類

みそしる

汁(しる)湯主要為用**みそ**味噌烹煮的**みそしる**味噌湯。
湯裡會添加少許的**わかめ**海帶、**ねぎ**蔥、**豆腐(とうふ)**豆腐。

とん汁(じる)

湯裡用**豚肉(ぶたにく)**豬肉、**こんにゃく**蒟蒻和大量**野菜(やさい)**
蔬菜烹調而成的醬湯稱為**とん汁(じる)**豬肉湯。

けんちん汁(じる)

添加**けんちん**卷纖烹調出來的醬湯稱為**けんちん汁(じる)**卷纖湯。

けんちん是什麼呢？
指將ごぼう牛蒡・にんじん紅蘿蔔・しいたけ香菇・
だいこん蘿蔔等與搗碎的とうふ豆腐一起炒的料理。

明明都是湯，
只是名稱不同而已。

在日本用餐時不使用**スプーン**湯匙，
所以喝湯時會將湯碗舉起來對口。
みそしるを飲(の)む。喝味噌湯

Tip

表示喝湯時使用的動詞「飲む喝」，也適用於吃藥的時候。中文一般會說「吃藥」，但在日語卻是「薬(くすり)を飲(の)む喝藥」的表現。

當**味噌(みそ)**味噌沉澱時，
只要用**箸(はし)**筷子拌兩下就可以繼續喝了。

在日本很少會擺一桌的**おかず**菜餚。

用餐時一般會有兩道菜，一道為主菜，

另一道為**お漬物(つけもの)**醃菜。

P3-5-04

テレビアニメで見(み)たことがある。

記得在電視卡通裡有看到過。

若是大家一起吃**なべ料理(りょうり)**火鍋，會用**お玉(たま)**調羹和**取(と)り皿(ざら)**小碟子盛起來吃。

日本人常吃的**なべ料理(りょうり)**火鍋有

すき焼(や)き壽喜燒、**キムチ鍋(なべ)**泡菜鍋、**しゃぶしゃぶ**小火鍋、**ちゃんこ鍋(なべ)**相撲鍋等。

5-05

すみません。

對不起。

お玉(たま)ください。

P3-5-05

請給我調羹。

在餐廳裡，與用餐相關的用語有……

割(わ)り箸(ばし)免洗筷、**おしぼり**濕紙巾、**ナプキン**餐巾及水杯等。

而在日本依水杯種類的差異，名稱也是各不相同。

最普通的玻璃杯稱為**グラス**或**コップ**。

「帶手把的水杯」稱為**カップ**。

喝茶時使用的「茶杯」稱為**ゆのみ**。

帶手把的「啤酒杯」稱為**ジョッキ**。

「小酒杯」稱為**おちょこ**或**さかずき**。

ゆのみ

ジョッキ

テレビ 電視　アニメ（＝アニメーション）卡通　見(み)る 看　～たことがある 曾～過

お玉(たま) 調羹　ください 請

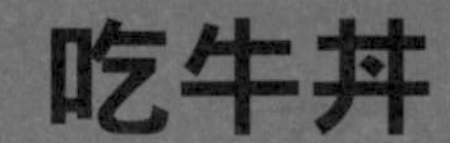

吃牛丼　什麼是牛丼？

什麼料理做起來烹調簡便，又物美價廉呢？

在日本，什麼料理烹調簡便，又物美價廉呢？
當然是**牛丼(ぎゅうどん)**牛肉蓋飯了。

牛丼(ぎゅうどん)

牛丼(ぎゅうどん)牛肉蓋飯其實就是「牛肉蓋飯」。
在**ご飯(はん)**米飯上，蓋上用**醤油(しょうゆ)**醬油煎製的**牛肉(ぎゅうにく)**牛肉與**玉(たま)ねぎ**洋蔥，
做法很簡單，但非常美味。

豚丼(ぶたどん)

但因為美國產的**牛(うし)**牛得了**狂牛病(きょうぎゅうびょう)**狂牛症所以日本之前禁止了牛肉的進口，
故進而菜單上出現了新的料理，
那就是**豚丼(ぶたどん)**豬肉蓋飯。我們叫做「豬肉蓋飯」。
它們的不同之處應該是**牛肉(ぎゅうにく)**牛肉換成了**豚肉(ぶたにく)**豬肉而已吧？！

吃牛肉蓋飯或豬肉蓋飯時，因為只使用筷子，
所以大家都端起飯碗吃。

5-06

腕(うで)、痛(いた)そう。 P3-5-06
手臂不會痛嗎？。

腕（うで）手臂　痛（いた）い 疼　～そうだ ～好像

你問我哪邊更好吃?
大家都說吉野家的特色
是牛肉蓋飯！
松屋的特色是豬肉蓋飯！
那就對兩家的美味
做一下評價吧！

吉野家(よしのや)吉野家與**松屋**(まつや)松屋都是日本最具代表的牛肉蓋飯**チェーン店**(てん)連鎖店，店面很多，隨處可見。

除了牛肉蓋飯和豬肉蓋飯以外，還有**ご飯**(はん)米飯與**味噌汁**(みそしる)味噌湯，其它簡單的**おかず**菜餚還有的**定食**(ていしょく)**メニュー**套餐菜單與**カレーメニュー**咖哩菜單。
朝定食(あさていしょく)早餐套餐是指主要在早上五點至十點提供的菜單。

早餐套餐推薦菜單！！！

焼魚定食(やきざかなていしょく) 烤魚套餐

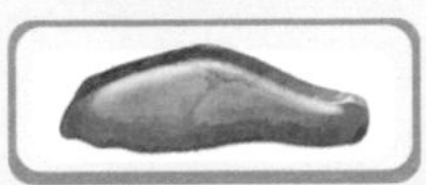

のり 海苔

焼き魚(や ざかな) 烤魚
（**さけ** 鮭魚）

漬物(つけもの) 醃菜

ご飯(はん) 米飯

味噌汁(みそしる) 味噌湯

除此之外，日本人還會吃**納豆**(なっとう)納豆。

在吉野家

走進吉野家(よしのや)吉野家，就會有店員(てんいん)店員大聲招待。

絕大部分座位為カウンター席(せき)吧台式坐椅。
中間的通道方便店員點餐、送餐和收銀。

私（わたし）我　～に 對象助詞～　任（まか）せる 委託、託付坐下來就會有店員來詢問。

ご注文(ちゅうもん)は？
點什麼餐呢？ P3-5-⑧

既然來到吉野家，就首選牛肉蓋飯吧。

只需要跟店員這麼說。

ナナ：牛丼(ぎゅうどん)、なみ、ひとつ。 給我一份牛肉蓋飯、普通份量。 P3-5-⑨

店員(てんいん)：かしこまりました。 好的，我瞭解了。 P3-5-⑩

這裡說的**「なみ」**是指食物的量，意思為普通份量。
正確的表示為

★ 一般　**なみもり（並盛）**
★ 大碗　**おおもり（大盛）**
★ 特大碗　**とくもり（特盛）**

這裡的**「もり**盛**」**指的是「將食物盛入容器內」或表示「量的程度」。
表示「普通份」時會用略語**「なみ」**，但是表示「大碗」或「特大碗」時會使用全稱**「おおもり」「とくもり」**。

這時，店員會這樣傳達給廚房。

店員(てんいん)：牛丼(ぎゅうどん)、なみ、一丁(いっちょう)。 P3-5-⑪
牛肉蓋飯、 普通份量、一份。

那麼，廚房也會這樣傳達。

店員(てんいん)：牛丼(ぎゅうどん)、なみ、一丁(いっちょう)。
牛肉蓋飯、普通份量、一份

注文（ちゅうもん）預定　牛丼（ぎゅうどん）牛肉蓋飯　なみ 普通份　ひとつ 一份、一個

「一丁（いっちょう）」的意思是「一個（即一份）」，主要是餐廳工作人員之間使用的行話。
從「兩個（份）」開始，會使用一般的「二つ（ふた）」「三つ（みっ）」……

稍微休息片刻！
先復習一下1到10的讀法吧。

5-12

ひとつ	ふたつ	みっつ	よっつ	いつつ
一	二	三	四	五
むっつ	ななつ	やっつ	ここのつ	とお
六	七	八	九	十

5-13

吃過飯，就去**レジ**櫃檯買單。 P3-5-⑫

ナナ：いくらですか。 ①
娜娜　：總共多少錢？

店員（てんいん）：390円（えん）になります。 ②
店員　：390日元。

支付400日元

店員（てんいん）：400円（えん）いただきました。 ③
收您400日元。

10円（えん）のおかえしです。 ④
找您10日元。

ありがとうございます。
謝謝惠顧。

いくら 多少　～ですか 是～嗎？　円（えん） 日元　～になる 成為～　いただく 「もらう接受」的謙讓語
おかえし 零錢

日本料理常識

「牛丼(ぎゅうどん)」中的「丼」唸作「どんぶり」。

「どんぶり」的意思是「碗」，並裝入碗內的「蓋飯」的意思。

蓋飯都有哪些呢？

那麼，現在我們來了解一下丼(どんぶり)蓋飯的種類。

天丼(てんどん)

天丼(てんどん)炸蝦蓋飯為「炸蝦蓋飯」，**天(てん)ぷら**天婦羅的材料為**海老(えび)**蝦、**いか**魷魚、**きす**沙鮻、**かぼちゃ**南瓜、**いんげん**扁豆、**じゃがいも**馬鈴薯、**れんこん**蓮藕、**なす**茄子、**きのこ**香菇等。

ご飯(はん)米飯上放置各式各樣的天婦羅，

再淋上**甘辛(あまから)い**甜鹹口味的**丼(どん)つゆ**蓋飯醬汁，就是這個味道！

おいしい～。

好吃。

鰻丼(うなどん)鰻魚蓋飯為「鰻魚蓋飯」。「**鰻(うなぎ)**」指的是「鰻魚」。

5-14

鰻丼(うなどん)

高(たか)くて食(た)べられない。 P3-5-⑬

價格太貴，吃不起。

這是蓋飯中比較昂貴的一種。

おいしい 好吃　高(たか)い（價格）貴　食(た)べる 吃

親子丼雞肉蓋飯是指放進**鳥肉**雞肉和**卵**雞蛋的「雞肉蓋飯」。

カツ丼豬排蓋飯是指「豬排蓋飯」。

親子丼

カツ丼

既然提到**カツ丼**豬排蓋飯，

就讓我們了解一下**豚カツ**炸豬排的種類吧。

根據**豚肉**豬肉部位的不同，炸豬排分為兩種。以里脊為材料的稱之為**「ロスカツ」**，以筋間肉為材料的稱之為**「ヒレカツ」**。另外依**肉**肉種類的不同，可以分為以**牛肉**牛肉為材料的**「ビフカツ」**炸牛排和以**鳥肉**雞肉為材料的**「チキンカツ」**。

一口カツ

根據炸肉排的樣子，方便一口下肚而加工的為**一口カツ**一口炸肉排。

將切成小塊的炸肉排與野菜串在竹籤上的**串カツ**炸肉串。

串カツ

カツサンド

以炸肉排為材料製作**サンドイッチ**三明治的**カツサンド**肉排三明治。

還有與**カレー**咖哩一起食用的**カツカレー**炸肉排咖哩。

カツカレー

就算不是專賣店，我們也能從牛肉蓋飯店、炸肉排蓋飯店、麵館等餐廳看到用咖哩烹調的食物。

用咖哩烹調的菜單

除了最基本的**カレーライス**咖哩飯，
還有用蕎麥麵烹煮的**カレーそば**咖哩蕎麥麵
及用烏龍麵烹煮的**カレーうどん**咖哩烏龍麵。

在麵包內加入咖哩後油炸而成的
カレーパン咖哩麵包，
還有可稱為咖哩包的**カレーまん**咖哩肉包。

カレー南蛮（なんばん）是？
指咖哩蕎麥麵和咖哩烏龍麵。
當顧客點咖哩南蠻時，一般會問要蕎麥麵或烏龍麵。若是餐廳沒分時，通常使用蕎麥麵烹煮。

カレーうどん

カレーパン

カレーまん

咖哩料理的種類繁多。
具體有在米飯上淋上咖哩和**チーズ**起司，之後用**オーブン**電烤爐烤製的**焼**（や）**きカレー**烤咖哩；可以充當湯喝的**スープカレー**咖哩湯；
除此之外還有**カレースパゲッティ**咖哩義大利麵、
カレーコロッケ咖哩可樂餅、
カレーラーメン咖哩拉麵、
カレーオムレツ咖哩蛋包飯等。

在餐廳的基本表現

從點菜到結帳

讓我們瞭解一下從選定餐廳到買單離開時需要記住的幾個要點。

當不知道店裡賣什麼時，
最好先到有秀出餐點模型的
店の前（みせ まえ）店門口看一下。
決定了想吃什麼後，
再走進餐廳。

我全部都要吃！

5-15

接受帶位

P3-5-⑭

店員：いらっしゃいませ。何名様（なんめいさま）ですか。 1

店員　：歡迎光臨，一共幾位？

ナナ：一人（ひとり）です。 2

娜娜　：一位。

店員：奥（おく）の方（ほう）へ、どうぞ。 3

裡面請。

當被帶到二樓時

二階（にかい）の方（ほう）へ、どうぞ。 4

請您上二樓。

何名（なんめい）幾名～　様（さま）先生、小姐　一人（ひとり）一個人　奥（おく）裡面
方（ほう）方向　どうぞ 請～　二階（にかい）二樓

店員（てんいん）：ご注文（ちゅうもん）がお決（き）まりでしたら、
お呼（よ）びください。 5
等您點好餐，請叫我一聲。

ナナ：はい。
好的。

5-16

點餐

P3-5-⑮

ナナ：すみません。
對不起。

店員（てんいん）：はい、お決（き）まりになりましたか。 1
好的。您點好餐了嗎？

ナナ：はい、レディースセットください。 2
是的，請給我淑女套餐。

店員（てんいん）：レディースセットですか。 3
是淑女套餐嗎？

かしこまりました。
我知道了。

少々（しょうしょう）お待（ま）ちください。
請稍等。

注文（ちゅうもん） 點餐　決（き）まる 決定　呼（よ）ぶ 叫、喊　少々（しょうしょう） 少許
待（ま）つ 等

5-17

餐廳上菜

P3-5-⑯

店員(てんいん)：お待(ま)たせ致(いた)しました。 ①

讓您久等了。

ご注文(ちゅうもん)のレディースセットです。 ②

您點的淑女套餐。

ごゆっくり召(め)し上(あ)がってください。 ③

請慢用。

いただきます。 ④

要開動啦。

肚子太餓，進了一家沒有秀餐點模型的店，

菜單上也沒有餐點圖片時可以這樣點餐。

5-18

あの人(ひと)が食(た)べているのください。 P3-5-⑰

我要那個人吃的餐點。

待(ま)つ 等　注文(ちゅうもん) 點餐　ゆっくり 慢慢、悠閒

召(め)し上(あ)がる 「食(た)べる 吃」的尊敬語　あの 那個　人(ひと) 人　食(た)べる 吃

買單

P3-5-⑱

ナナ：お勘定(かんじょう)は？ 1

在哪買單？

店員(てんいん)：あちらのレジでお願(ねが)いします。 2

請到那邊的櫃檯買單。

ナナ：いくらですか。 3

一共多少錢？

店員(てんいん)：レディースセット、ひとつ、780円(えん)になります。 4

一份淑女套餐，總共780日元。

支付800日元。

店員(てんいん)：800円(えん)、いただきました。 5

收您800日元。

20円(えん)のおつりです。

找您20日元零錢

ありがとうございました。

謝謝惠顧。

ナナ：ごちそうさまでした。

謝謝！（原意是謝謝招待！）

可以使用「ごちそうさまでした」的略語「ごちそうさま」。這裡還可以使用「どうも 謝謝」。

勘定（かんじょう）結帳　あちら 那裡　レジ（＝レジスター）收銀機　願（ねが）う 要求、請求
いくら 多少　～になる 成為　いただく「もらう接受」的謙讓語　おつり 零錢

吃拉麵

吃日本拉麵

到日本一定要品嚐的料理之一

就是**ラーメン**拉麵！！

日式拉麵不是**インスタント**泡麵，

而是直接用湯煮的料理。

製作日本拉麵的方法

P3-5-⑲

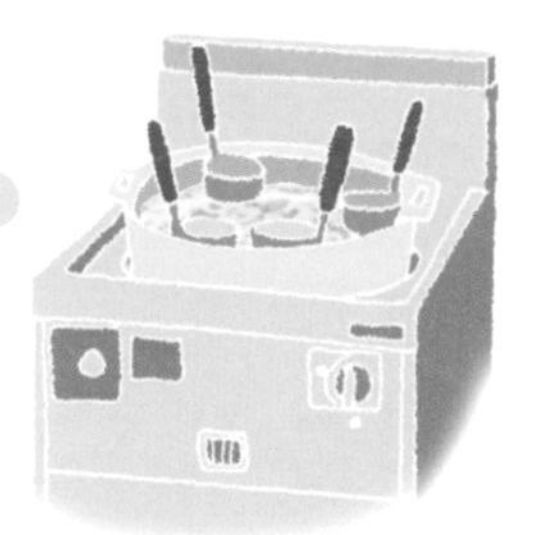

生麺(なまめん)をゆでる。 1

煮生麵。

水(みず)をきる。 2

濾掉水份。

スープを注(そそ)ぐ。 3

倒入湯頭。

麺(めん)をもる。 4

放入麵條。

具(ぐ)をのせる。 5

放入配菜。

生麺（なまめん） 生麵　**ゆでる** 煮　**水（みず）** 水　**きる** 抽出、濾除（水份）　**スープ** 湯
麺（めん） 麵　**もる** 放入　**具（ぐ）** 食材　**のせる** 放到～上

拉麵的種類

日本是依湯頭的味道來區分拉麵的。

塩（しお）ラーメン鹽味拉麵　用鹽提味的清湯

味噌（みそ）ラーメン味噌拉麵　用味噌湯味的湯底

醤油（しょうゆ）ラーメン醬油拉麵　用醬油調製的湯底

豚骨（とんこつ）ラーメン豬骨拉麵　用豬骨煮的濃湯

裝好湯和麵，最後添加**具（ぐ）**食材（配菜），這個配菜也是左右拉麵味道的重要因素。
主要的**具（ぐ）**食材（配菜）有**チャーシュー**叉燒肉和**卵（たまご）**雞蛋。

這裡的雞蛋是**ゆで卵（たまご）**白煮蛋，主要是用**半熟卵（はんじゅくたまご）**半熟的雞蛋。

配菜的擺置順序為：先放**ねぎ**蔥、**もやし**豆芽、**キャベツ**高麗菜、**にんじん**紅蘿蔔、**野菜（やさい）**蔬菜後最後放**のり**海苔。

餐券使用方法

在日本必須要會使用餐券!!!

在許多的拉麵店或蓋飯專賣店裡，幾乎都可以看到食券販売機（しょっけんはんばいき）餐券販賣機。一般餐廳之所以設有餐券販賣機的原因是可以節約（せつやく）節約（省下）注文（ちゅうもん）點餐和勘定（かんじょう）核算的時間（じかん）時間；另外也可以避免廚房人員或服務生的手碰觸お金（かね）錢；以達到有效地維持（いじ）保持清潔（せいけつ）清潔的目的。唯一的缺點是，這樣會給人一種沒有人間味（にんげんみ）人情味的感じ（かん）感覺。

食券販売機（しょっけんはんばいき）餐券販賣機的使用法（しようほう）使用方法

P3-5-20

お金（かね）を入（い）れる。 1

投入錢。

メニューのボタンを押（お）す。 2

按菜單按鈕。

食券（しょっけん）が出（で）る。 3

（機器）吐出餐券。

おつりがあれば、出（で）る。 4

若還有找零，也會跟著掉出來。

お金（かね）錢　入（い）れる 放進　メニュー 菜單　ボタン 按鈕　押（お）す 按
食券（しょっけん）餐券　出（で）る 出來　おつり 零錢　ある 有

食券を店員に渡す。 5

將餐券交給店員。

料理が出るのを待つ。 6

等候餐點。

料理が出る。 7

餐點送來。

おいしく食べる。 8

大快朵頤。

5-22

本当に言葉が要らない。 P3-5-㉑

真的一句話都不用說。

5-23

P3-5-㉒

これって、いいのか悪いのか、よくわからないね。

這樣到底是好是壞呢？我也不知道。

店員（てんいん）店員　渡（わた）す 交給　料理（りょうり）料理　待（ま）つ 等　おいしい 好吃
食（た）べる 吃　本当（ほんとう）真的　言葉（ことば）語言　要（い）る 需要　これ 這個～　って 是～
いい 好　悪（わる）い 不好　よく 好　わかる 知道、理解

吃壽司

吃迴轉壽司

在日本不吃寿司(すし)壽司一定會遺憾。

到日本如果想吃壽司，就一定要嚐嚐**回転寿司**(かいてんずし)迴轉壽司。
如果吃的是迴轉壽司的話，就算日語不流暢也不怕，
因為只要在迴轉帶上挑選自己喜歡的壽司就可以了。

迴轉壽司店的座位主要也是**カウンター席**(せき)吧台式坐椅。一看座位就……

5-24

ボタンを押(お)すとお湯(ゆ)が出(で)る。 P3-5-㉓

按下按鈕，熱水就出來了。

ボタン 按鈕　押(お)す 按　お湯(ゆ) 熱水　出(で)る 出來

お湯(ゆ)に緑茶(りょくちゃ)ティーバッグを入(い)れる。 P3-5-24

將綠茶包放進盛有熱水的杯子裡。

有些店家還會提供**抹茶(まっちゃ)**抹茶。

有時店員會問，

お飲(の)み物(もの)は、お茶(ちゃ)でよろしいですか？您的飲料，上茶可以嗎？ P3-5-25

因為除了綠茶之外，**メニュー**菜單中還會有**味噌汁(みそしる)**味噌湯等，也可以單點湯。

吃**寿司(すし)**壽司前……

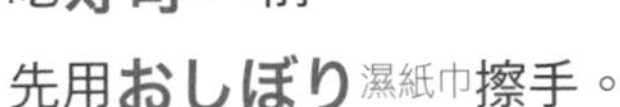

先用**おしぼり**濕紙巾擦手。

手(て)をふく。 P3-5-26

擦手。

吃壽司時不論是直接用手吃，或是用筷子，都不會構成失禮的行為。

すしをとる。 P3-5-27

夾壽司。

緑茶(りょくちゃ) 綠茶　ティーバッグ 茶包　入(い)れる 放入　飲(の)み物(もの) 飲料
茶(ちゃ) 茶　よろしい 「いい 好」的丁寧語。

壽司的種類

在迴轉壽司店用餐時，會出現這樣的情況。自己想吃的壽司被前面的人捷足先登拿走。這時我們可以直接向餐桌對面的**寿司屋さん**（すしや）壽司師傅點餐。我們最好瞭解一下基本的菜式，這樣直接點餐後就能吃到更新鮮的壽司。

あじ
竹莢魚

赤貝（あかがい）
赤貝

甘海老（あまえび）
甜蝦

海老（えび）
（煮）蝦

穴子（あなご）
星鰻

うなぎ
鰻魚

あわび
鮑魚

ほたて
干貝

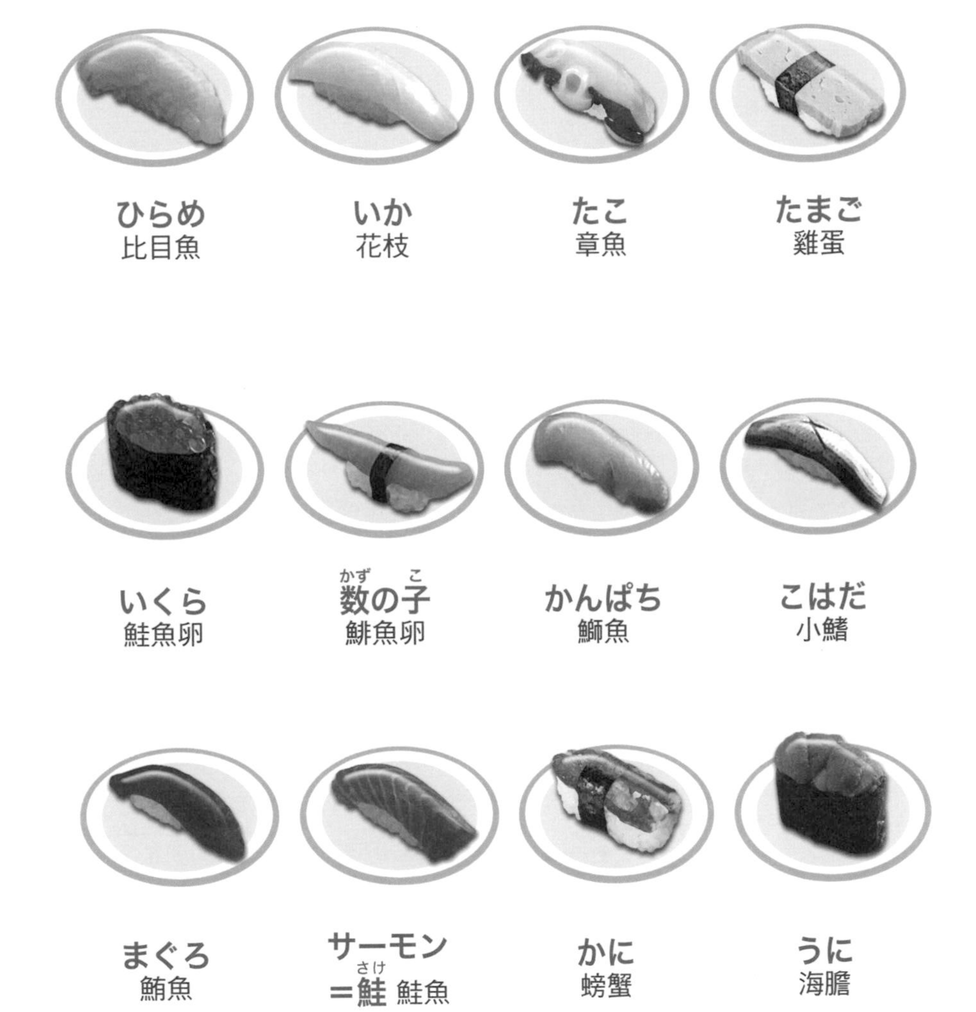
ひらめ
比目魚
いか
花枝
たこ
章魚
たまご
雞蛋
いくら
鮭魚卵
数の子
鯡魚卵
かんぱち
鰤魚
こはだ
小鰭
まぐろ
鮪魚
サーモン
＝鮭 鮭魚
かに
螃蟹
うに
海膽

吃
大阪燒

自己動手做大阪燒

讓我們自己動手啊？？

太過分了。

日的お好み焼き(このやき)大阪燒的専門店(せんもんてん)專門店（專賣店）

都是只點食材，然後自己動手煎來吃。

テーブルの上(うえ)に鉄板(てっぱん)がある。 P3-5-28 5-30

餐桌上就有鐵板。

點餐後先以和好的**小麦粉(こむぎこ)**麵粉及**キャベツ**高麗菜鋪底，

再依**メニュー**菜單上**豚肉(ぶたにく)**豬肉、**牛肉(ぎゅうにく)**牛肉、**いか**墨魚、**えび**蝦、**かき**牡蠣還有**卵(たまご)**雞蛋。

此外還可以額外**追加(ついか)**追加（加點）**トッピング**料理上的配料、裝飾（topping）。

テーブル 桌子　上（うえ）上面　鉄板（てっぱん）鐵板

基本菜單

豚玉（ぶただま）豬肉雞蛋
豬肉加上雞蛋

いか玉（たま）花枝雞蛋
花枝加上雞蛋

牛肉玉（ぎゅうにくだま）牛肉雞蛋
牛肉加上雞蛋

牛すじ玉（ぎゅう・だま）牛筋雞蛋
牛筋加上雞蛋

えび玉（たま）蝦和雞蛋
蝦加上雞蛋

かき玉（たま）牡蠣雞蛋
牡蠣加上雞蛋

配料的種類

依餐廳的不同，提供的配料也會有所不同。

主要有**ねぎ**蔥、**もち**年糕、**キムチ**泡菜、**チーズ**起司、**そば麵**（めん）蕎麥麵。

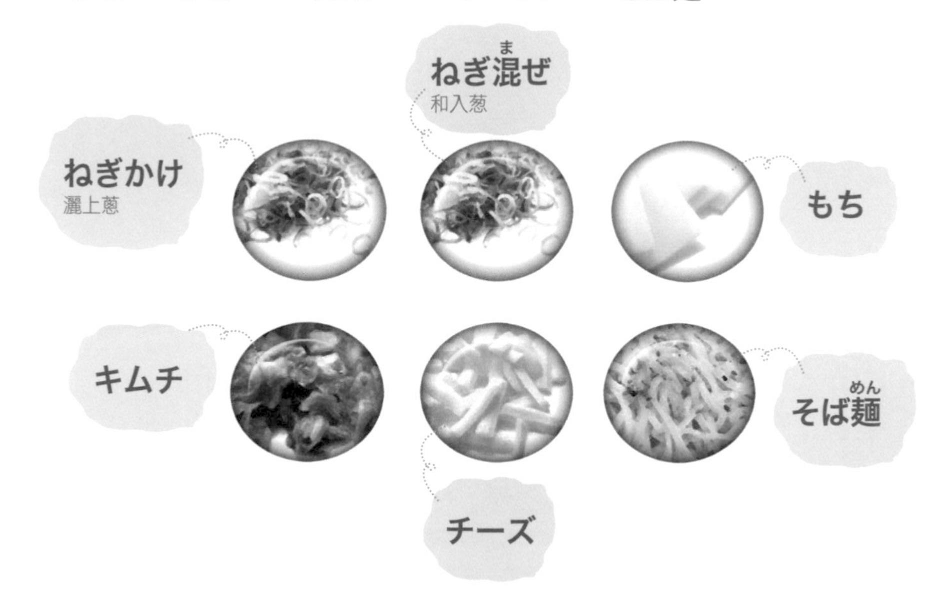

怎樣做美味的大阪燒

1 首先，在烤熱的鉄板(てっぱん)鐵板上敷(し)く鋪上油(あぶら)油。
2 將點來的具(ぐ)食材混(ま)ぜる混合攪拌。
3 用スプーン湯匙將食材かきだす倒入（從某個容器、空間撥出）鐵板。
4 用コテ小鏟子將餅做成圓形。

5 利用兩個コテ小鏟子把它裏返す翻過來。
6 接著たっぷり充分塗る塗抹
お好み自己喜好的ソース醬汁。
7 分別以横横・縦豎的線狀かける灑
上マヨネーズ美乃滋。
8 最後灑かつおぶし柴魚片
和ねぎ蔥。
可口的大阪燒
完成完成

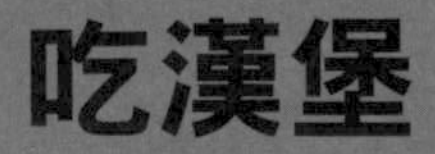

做法簡單的漢堡

旅行中最簡單最快捷的食物，
莫過於**ハンバーガー**漢堡了。

哇，這就是摩斯漢堡啊。

モスバーガー摩斯漢堡是日本歷史悠久的品牌，
最近成為了很受歡迎的**ファーストフード**速食品牌。

在台灣可見的速食店在日本也看得到。

「麥當勞」是**マクドナルド**麥當勞。

「KFC」是**ケンタッキーフライドチキン**肯德基炸雞，簡稱為
ケンタッキー肯德基。

「儂特利」與日文的**ロッテリア**儂特利發音很相似。

「漢堡王」則叫做**バーガーキング**漢堡王。

走進**ファーストフード店**(てん)速食店會看到**期間限定**(きかんげんてい)限期的**商品**(しょうひん)商品（食品、餐點）菜單。這些商品通常只在特定的**季節**(きせつ)季節**販売**(はんばい)出售。

P3-5-㉙

今(いま)じゃないと、食(た)べられないんだって。

現在不吃，就沒有機會了。

如果想點餐，只要會唸**カタカナ**片假名就可以。

バーガー漢堡

★**「バーガー」**及**「ハンバーガー」**是「漢堡」。

★**「ダブルバーガー」**是「双層漢堡」。

★**「チーズバーガー」**是「起司漢堡」。

★**「えびバーガー」**是「鮮蝦漢堡」。

★**「チキンバーガー」**是「雞肉漢堡」。

サイドメニュー副菜單

★**「ポテト」**或**「フレンチフライ」**是「薯條」。

★**「オニオンリング」**是「洋蔥圈」。

★**「チキンナゲット」**是「雞塊」。

★**「アップルパイ」**是「蘋果派」。

ドリンク飲料

★**コーラ**／是「可樂」。若想點不含卡路里的可樂，則可說要**ノンカロリー**。

★**ファンタ**是「芬達」。

★**ジンジャーエール**是「汽水」。

★**ミニッツメイド**是「美粒果」。

今(いま) 現在　～じゃない 不是～　～と 如果～的話　食(た)べる 吃

點漢堡餐 P3-5-30

店員（てんいん）：お決（き）まりですか。ご注文（ちゅうもん）、どうぞ。1
店員：決定好了嗎？請點餐。

ナナ：エビバーガーとコーラください。2
娜娜：請給我鮮蝦漢堡和可樂。

店員（てんいん）：コーラのサイズは？3
請問可樂要大杯、中杯、小杯？

ナナ：エムで。4
中杯的。

「小杯」是「エス」，「大杯」是「エル」。

店員（てんいん）：エビバーガーとコーラエムサイズで、よろしいですか。5
鮮蝦漢堡和中杯可樂，請問這樣沒錯嗎？

ナナ：はい。
是的。

決（き）まる 決定　注文（ちゅうもん） 點餐　海老（えび） 蝦　サイズ 尺寸

店員（てんいん）：こちらで召（め）し上（あ）がりますか。6
在店內用餐嗎？

ナナ：はい。
是的。

如果需要打包
いいえ、持（も）ち帰（かえ）りで。7
不，外帶。

店員（てんいん）：全部（ぜんぶ）で520円（えん）になります。8
一共520日元。

ナナ：はい。
好的。

支付1000日元。

店員（てんいん）：1000円（えん）、預（あず）かりました。9
收您1000日元。

480円（えん）のおつりです。少々（しょうしょう）お待（ま）ちください。
找您480日元。請稍等一下。

こちら 這裡　召（め）し上（あ）がる 「食べる 吃」的尊敬語　全部（ぜんぶ） 全部、一共
預（あず）かる 收存、保管　少々（しょうしょう） 少許、稍微　待（ま）つ 等

喝咖啡

喝杯咖啡再走吧

這裡也都是**カタカナ**片假名……
只好慢慢唸。

5-38

P3-5-31

首先**メニューを選(えら)ぶ。**
選擇菜單。

本日(ほんじつ)のコーヒー本日推薦咖啡（ホット熱/アイス冰）

每天給你香濃體驗的**ドリップコーヒー**濾泡式咖啡。

エスプレッソ義大利濃縮咖啡

散發濃郁咖啡香的**コーヒーのエッセンス**咖啡的精華。

カフェアメリカーノ美式咖啡（ホット熱/アイス冰）

エスプレッソ義大利濃縮咖啡中添加特別過濾的**ウォーター**水。

カプチーノ卡布奇諾（ホット熱）

エスプレッソ義大利濃縮咖啡中，倒入豐富泡沫的**ミルク**牛奶。

カフェモカ摩卡咖啡（ホット熱/アイス冰）

エスプレッソ義大利濃縮咖啡中添加**チョコレートシロップ**巧克力糖漿（果露）和**ミルク**牛奶，若是**ホット**熱的咖啡中則添加**ホイップクリーム**（發泡狀）鮮奶油。

キャラメルマキアート焦糖瑪奇朵（ホット熱/アイス冰）

充分放入**フォームミルク**奶泡的**バニラ**香草拿鐵中，再使用**キャラメル**焦糖當**トッピング**料理上的配料、裝飾（topping）。

P3-5-32

下面，**サイズを選(えら)ぶ。**

選擇杯種。

ショート小杯　**トール**中杯　**グランチ**大杯　**ベンティ**特大杯

點咖啡 P3-5-33

店員(てんいん)：ドリンクはお決(き)まりですか。飲料決定好了嗎？ 1

ナナ：はい。カフェモカで。是的，請給我摩卡咖啡。 2

店員(てんいん)：サイズは？ 大小是？ 3

ナナ：トールで。中杯。 4

店員(てんいん)：ご注文(ちゅうもん)の確認(かくにん)を致(いた)します。我跟您確認一下您點的咖啡。 5

カフェモカ、トールサイズですね。摩卡咖啡，中杯是嗎？

ナナ：はい。是的。

店員(てんいん)：こちらで召(め)し上(あ)がりますか。請問要內用嗎？ 6

ナナ：はい。是的。

如果是外帶時可說，

いいえ、テイクアウトで。 7

不，要外帶。

店員(てんいん)：ありがとうございます。謝謝光臨。 8

あちらで少々(しょうしょう)お待(ま)ちください。請在那裡稍等一下。

ドリンク 飲料　決(き)まる 決定、規定　注文(ちゅうもん) 點餐　確認(かくにん) 確認
致(いた)す 「する 做」的謙讓語　こちら 這裡　～で 在～
召(め)し上(あ)がる 「食(た)べる 吃、飲(の)む 喝」的尊敬語　あちら 那裡
少々(しょうしょう) 少許、稍微　待(ま)つ 等

送上咖啡的カスタマイズ特別調製

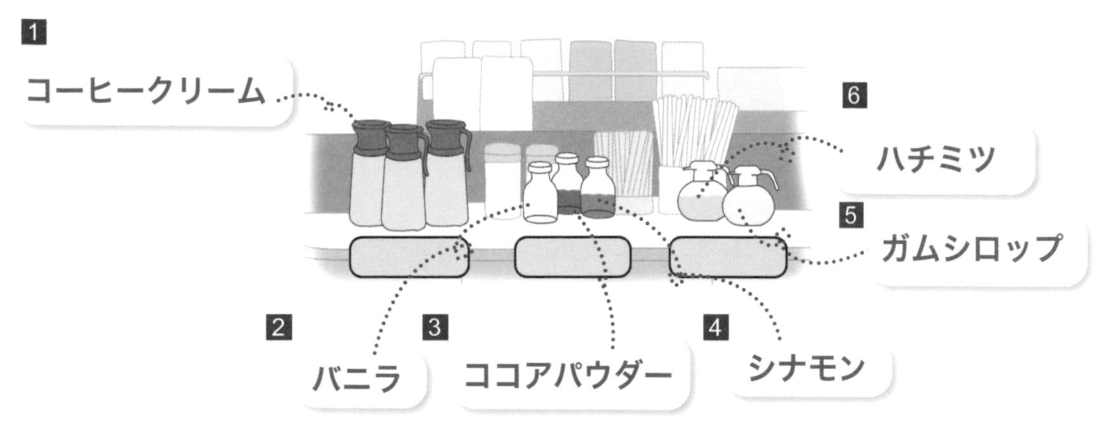

可以在**本日**(ほんじつ)**のコーヒー**本日推薦的咖啡或**カフェアメリカーノ**美式咖啡裡添加**コーヒークリーム**咖啡奶油來調製適合當天心情的咖啡。

可以在**カプチーノ**卡布奇諾或**カフェモカ**摩卡咖啡裡添加**シナモン**肉桂、**バニラ**香草、**ココアパウダー**可可粉。

還可以添加**ハチミツ**蜂蜜、**ガムシロップ**透明糖漿來增添甜度。

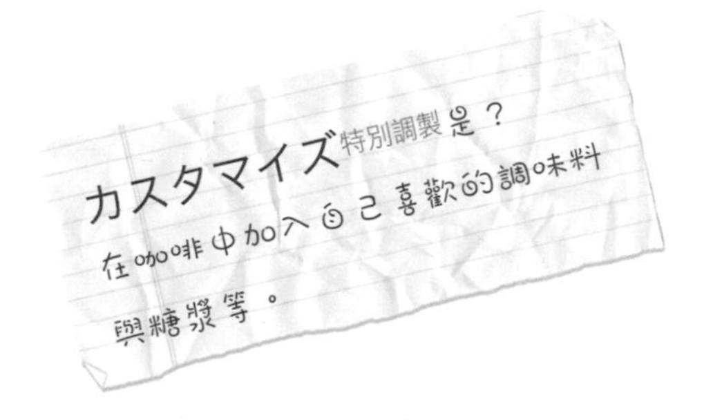

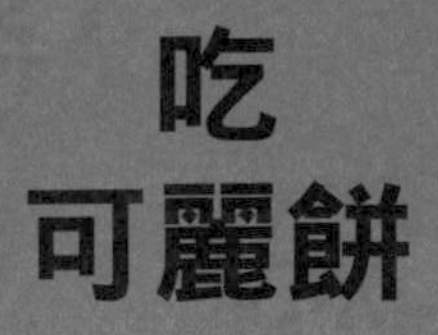

吃可麗餅漫步街頭

聽說東京（とうきょう）東京，特別是原宿（はらじゅく）原宿有出名的クレープ屋（や）可麗餅屋。
我們可以看到很多邊吃邊逛街的人。

クレープ可麗餅

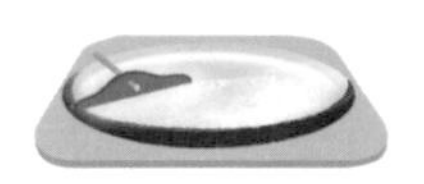

是薄薄的**クレープ皮（かわ）**可麗餅皮

加上**生（なま）クリーム**鮮奶油和各種**果物（くだもの）**水果，再

加上**アイスクリーム**冰淇淋後，
淋上**シロップ**糖漿（果露）後捲起來的。

捲狀

可麗餅的種類

クレープ可麗餅的種類分為五種。它的風行源起於原宿有名的**クレープ屋(や)**可麗餅店。依店家的不同，作法可能也不太一樣。

***ホットクレープ**	烤好後趁熱吃的クレープ
***スナッククレープ**	以不含甜味的食材烹製的クレープ （還可以當作正餐食用。）
***コールドクレープ**	將烤好的餅等稍微冷却後、再塗上生(なま)クリーム鮮奶油的クレープ
***アイスクレープ**	用アイスクリーム冰淇淋代替生(なま)クリーム的クレープ
***スペシャルクレープ**	大量加入生(なま)クリーム和アイスクリーム的クレープ

點可麗餅時需要瞭解的辭彙

★バナナ 香蕉　★イチゴ 草莓　★アップル（＝りんご）蘋果

★ストロベリー 草莓　★ブルーベリー 藍莓

★シナモン 肉桂　★アーモンド 杏仁　★マロン（＝くり）栗子

★あずき 紅豆　★生(なま)クリーム 鮮奶油

★チョコレート（＝チョコ）巧克力　★バター 人工奶油　★ジャム 果醬

★クリームチーズ 奶油起司　★カスタード 牛奶蛋糊

★ピザ 披薩　★ツナ（＝まぐろ）鮪魚　★カレー 咖哩

更多形容動詞表現

立刻來瞭解更多的形容動詞。

好(す)きだ 喜歡的

大好(だいす)きだ 超級喜歡的

嫌(きら)いだ 討厭的

大嫌(だいきら)いだ 超級討厭的

嫌(いや)だ 討厭的

親切(しんせつ)だ 親切的

静(しず)かだ 安靜的

簡単(かんたん)だ 簡單的

元気(げんき)だ 健康的

大丈夫(だいじょうぶ)だ 沒關係的

安全だ（あんぜん） 安全的

危険だ（きけん） 危險的

残念だ（ざんねん） 遺憾的

失礼だ（しつれい） 失禮的

便利だ（べんり） 方便的

必要だ（ひつよう） 必要的

心配だ（しんぱい） 擔心的

平気だ（へいき） 冷靜的、鎮靜的

幸せだ（しあわ） 幸福的

大切だ（たいせつ） 重要的

上手だ（じょうず） 熟練的

下手だ（へた） 笨拙的

だめだ 不允許的、沒用的

大変だ（たいへん） 重大的、嚴重的

にぎやかだ 熱鬧的

有名（ゆうめい）だ 有名的

貧乏（びんぼう）だ 貧困的

けちだ 吝嗇的

気楽（きらく）だ 輕鬆愉快的

楽（らく）だ 輕鬆的

変（へん）だ 奇怪的

まじめだ 認真的

緊急（きんきゅう）だ 緊急的

退屈（たいくつ）だ 無聊的

無理（むり）だ 勉強的

立派（りっぱ）だ 偉大的

楽（たの）しみだ 期待的

滑（なめ）らかだ 光滑的

Chapter 6
ショッピングは楽(たの)しい。
歡樂購物
SALE
SALE
SALE

做事前調查

旅行時的ショッピング・ノウハウ購物訣竅！
旅遊時沒有太多的時間，
所以購物前最好先預算自己想買的東西擬定一個購物計畫，
這樣比較節省時間和體力。

在渋谷(しぶや)涉谷，
日常生活所需的商品，
幾乎都可以在這裡購買到。
購物地點就定在涉谷。

其實也可以步行到原宿。

涉谷 → 原宿

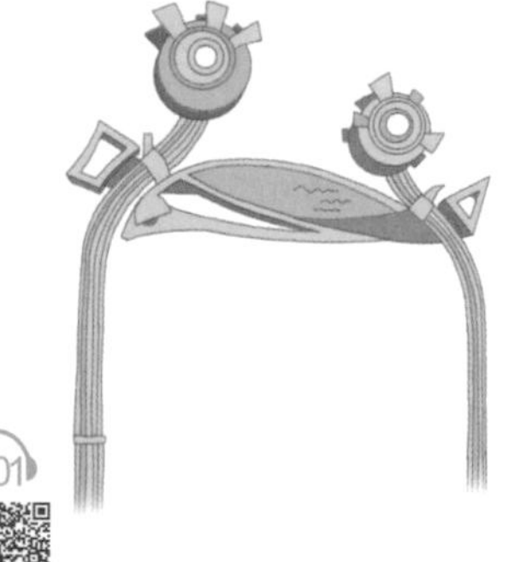

6-01

歩(ある)いて20分(ぷん)ぐらい。
步行約20分鐘左右。

P3-6-01

其實我早就在旅行前
透過ネット網路調查過了。

又在裝懂了。

歩(ある)く 走　20分(にじゅっぷん) 二十分鐘　～ぐらい ～程度
ネット＝インターネット 網路＝網際網路

今天的購物路線 P3-6-02

ショッピングモールでショッピングをする。 1

在購物中心購物。

マツモトキヨシで化粧品(けしょうひん)と美容用品(びようようひん)を買(か)う。 2

在松本清（知名藥粧店）購買化妝品及美容用品。

キャラクターショップで友(とも)だちのお土産(みやげ)を買(か)う。 3

到主題專賣店購買要送給朋友的禮物。

書店(しょてん)にも行(い)ってみよう。 4

也到書店去逛逛。

ショッピングモール 購物中心　ショッピングをする 購物　化粧品（けしょうひん） 化妝品
美容用品（びようようひん） 美容用品　買（か）う 買　キャラクターショップ 主題專賣店
友（とも）だち 朋友（們）　お土産（みやげ） 禮物　書店（しょてん） 書店　行（い）く 去

購物的基本功夫

在購物之前，先瞭解購物的基本功夫。

發現滿意的商品。

これ、かわいい。 P3-6-03

這個好可愛。

確認價格。

で、いくら？ P3-6-04

這個，怎麼賣？

Tip

確認價格時需要注意！

在日本，購物時會額外計算百分之五的消費稅。

商品的價格標為**税込み**（ぜいこ）含稅時，只要按照標價支付就可以。

如果沒有標有**「税込み」**（ぜいこ）時，需要另支付百分之五的消費稅。

これ 這個　かわいい 可愛　で （此做）那麼　いくら 多少錢

考慮是否購買。

買(か)おうかな、どうしようかな。 P3-6-05

到底要不要買呢？

不買。

やめよう。 P3-6-06

不買。

韓国(かんこく)の方(ほう)がもっとやすいかも…。

也許在韓國會更便宜些……。

先算好**為替(かわせ)レート**匯率，保證不吃虧！

決定購買。

買(か)おう。 P3-6-07

買吧。

決定購買的話，就去**レジ**收銀處結帳。

買(か)う 買　やめる 停止　韓国(かんこく) 韓國　方(ほう) 方面　もっと 更、更加　やすい 價格低

在レジ收銀處

將選好的商品放到收銀處時，
大部分店員會問：

6-08

P3-6-08

ポイントカードはお持(も)ちですか。
請問有集點卡嗎？

いいえ。
沒有。

Tip

ポイントカード集點卡是**積立(つみた)て**積存購買商品價格的百分之五到百分之十的購物卡。會在下次進行購物時根據**積立金(つみたてきん)**積存金額給予相對的**割引(わりびき)**折扣。可謂是相當經濟的消費制度。但是，辦卡方面卻需要在日居住，要有日本當地的**住所(じゅうしょ)**住所和**電話番号(でんわばんごう)**電話號碼，所以對於旅客來講往往只能是 **絵(え)に描(か)いた餅(もち)** 畫餅充飢（空歡喜一場）。若打算長期居住日本，就可以辦集點卡，經濟又實惠。

6-09

ポイントカード、つくりたいです。 P3-6-09
我想要辦理集點卡。

6-10

この申込書(もうしこみしょ)を書(か)いてください。 P3-6-10
請填寫這張申請表。

ポイントカード 集點卡　持(も)つ 拿、持　つくる 做、造　申込書(もうしこみしょ) 申請表
書(か)く 寫

付款。

P3-6-⑪

店員（てんいん）：2700円（えん）になります。1

店員　：2700日元。

支付2700日元。

店員（てんいん）：ちょうどお預（あず）かり致（いた）しました。2

剛好收您2700日元。

こちらはレシートです。3

這是收據。

袋（ふくろ）に入（い）れますか。

需要放袋子裡嗎？

ナナ　：はい。

好的。

在日本不會另外收袋子的錢。

特別在キャラクターショップ主題專賣店，店員會詢問：

お土産用（みやげよう）の袋（ふくろ）、入（い）れましょうか。4

需要送禮用的提袋嗎？

還會多給一個袋子。

～になる 到～　ちょうど 正好、剛好　預（あず）かる 擔任、承擔　こちら 這邊　レシート 發票

袋（ふくろ） 袋子　入（い）れる 放進　お土産（みやげ） 禮物　～用（よう） ～用

在購物中心購物

首先讓我們來看看**フロアガイド**樓層導覽。

屋上（おくじょう）頂樓	ペットショップ寵物商店
七階（ななかい）七樓	レストラン餐廳
六階（ろっかい）六樓	スポーツウェア運動服
五階（ごかい）五樓	紳士服（しんしふく）紳士服飾
四階（よんかい）四樓	雑貨（ざっか）一般生活用品　靴（くつ）鞋
三階（さんがい）三樓	レディースウェア少女服飾
二階（にかい）二樓	婦人服（ふじんふく）淑女服飾
一階（いっかい）一樓	化粧品（けしょうひん）化妝品
地下一階（ちかいっかい）地下一樓	食品（しょくひん）食品（地下美食街）
地下二階（ちかにかい）地下二樓	駐車場（ちゅうしゃじょう）停車場
地下三階（ちかさんがい）地下三樓	駐車場（ちゅうしゃじょう）停車場

フロアガイド樓層導覽的主要アイコン圖示

トイレ廁所

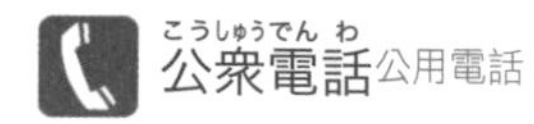
公衆電話（こうしゅうでんわ）公用電話

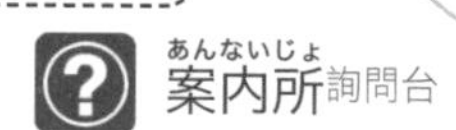
案内所（あんないじょ）詢問台

エスカレーター
手扶梯

エレベーター
電梯

レストラン
餐廳

喫茶店（きっさてん）
咖啡廳

喫煙室（きつえんしつ）
吸菸室

休憩所（きゅうけいじょ）
休息室

免税（めんぜい）カウンター
免稅櫃檯

既然來了日本，就該買**にっぽんスタイル**日系的服裝！

いらっしゃいませ。 P3-6-⑫

歡迎光臨。

ごゆっくりご覧(らん)になってくださいませ。

請慢慢看。

若想買衣服
是不是該瞭解衣服的種類呢？

關於服(ふく)衣服最基本的常識！

在日本表示「穿上衣」時使用的動詞是**「着(き)る」**，
表示「穿褲子」時使用的動詞是**「はく」**，這點一定要注意。
「上衣」叫**「上着(うわぎ)」**，表示穿著於腰部以上的衣服，
也可以表示「外層的衣物」。
「下着(したぎ)」表示「內衣」，也是指「內層的衣物」。

着(き)る穿

はく穿

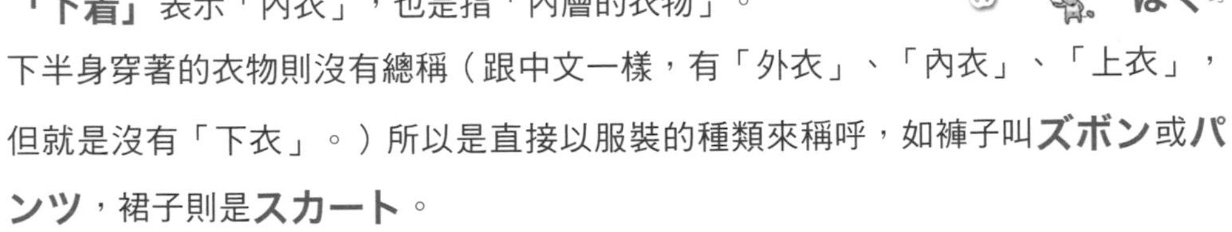

下半身穿著的衣物則沒有總稱（跟中文一樣，有「外衣」、「內衣」、「上衣」，但就是沒有「下衣」。）所以是直接以服裝的種類來稱呼，如褲子叫**ズボン**或**パンツ**，裙子則是**スカート**。
另外穿**靴下(くつした)**襪子、**靴(くつ)**鞋子也是使用動詞**はく**。

ゆっくり 緩慢　ご覧(らん)になる 請看　～ませ 請～

6-13

衣服的種類

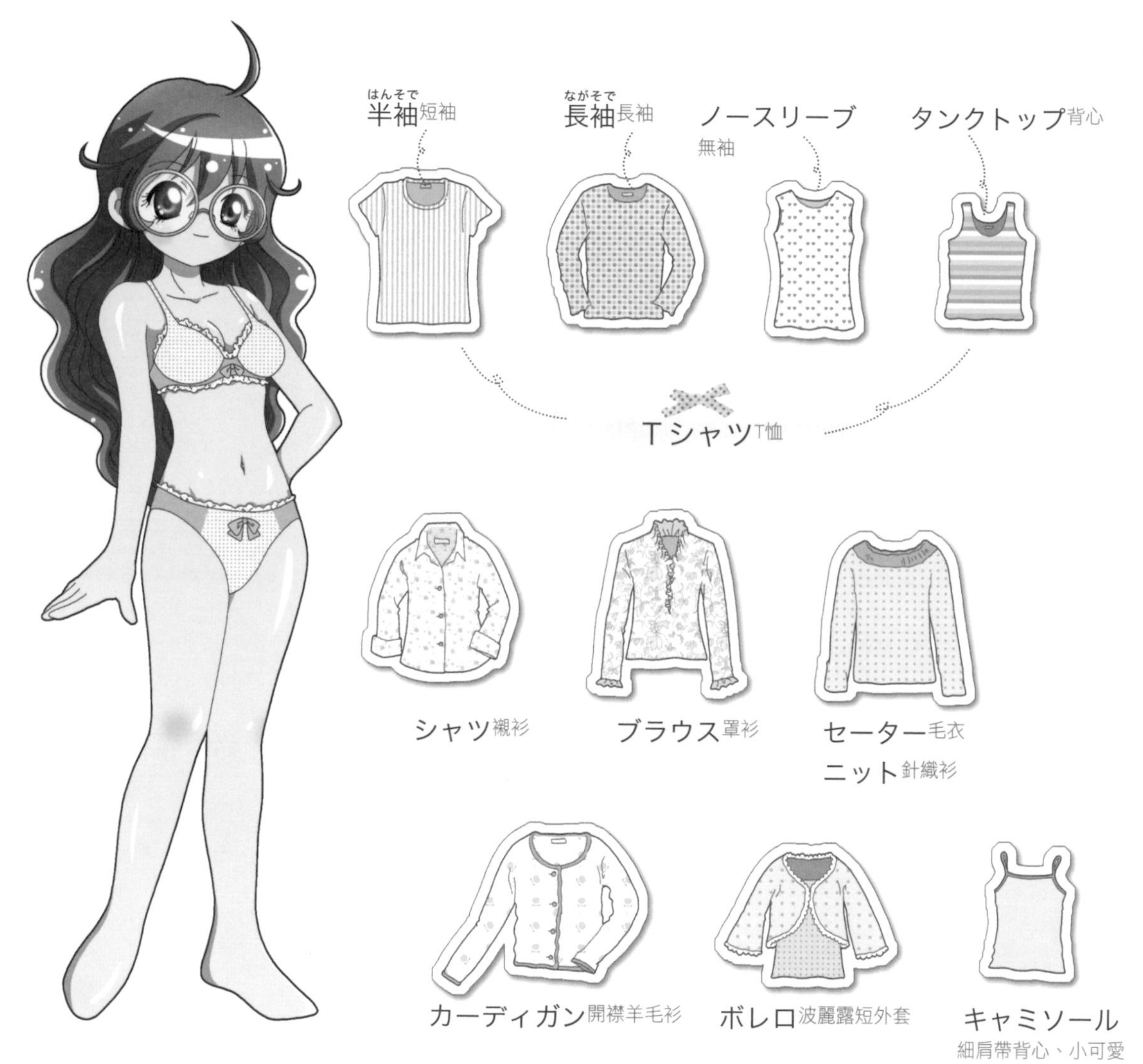
はんそで
半袖 短袖
ながそで
長袖 長袖
ノースリーブ 無袖
タンクトップ 背心
Tシャツ T恤
シャツ 襯衫
ブラウス 罩衫
セーター 毛衣
ニット 針織衫
カーディガン 開襟羊毛衫
ボレロ 波麗露短外套
キャミソール 細肩帶背心、小可愛

チョッキ(=ベスト)
西裝背心

ジャケット夾克

コート風衣外套

ワンピース洋裝

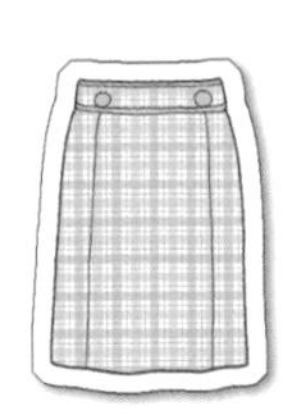

スカート裙子

ミニスカート迷你裙

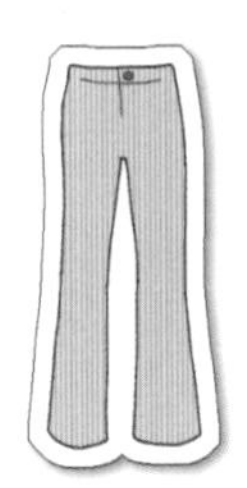

ズボン
(= パンツ) 長褲

半(はん)ズボン
(=ハーフパンツ) 短褲

ジーンズ(=ジーパン) 牛仔褲

牛仔褲最早為因應勞動階層所穿，使用耐磨的棉花做成的，所以也稱作デニム。

買T恤

値段(ねだん)は？ 税込(ぜいこ)みで2390円(えん)。 P3-6-⑬

價格是多少？含稅價2390日元。

まあ、いいね。で、サイズは？

嗯，不錯。但是，合身嗎（尺碼是）？

ナナ：すみません。 不好意思。 1 P3-6-⑭

このシャツのサイズは何(なん)ですか。

這款襯衫的尺碼是？

店員(てんいん)：このシャツは、フリーサイズです。 2

這款襯衫是One size（均一尺寸）的。

ナナ：着(き)てみてもいいですか。 3

可以試穿嗎？

値段(ねだん) 價格　税込(ぜいこ)み 含稅　サイズ 尺碼　この 這個　シャツ 襯衫　着(き)る 穿

可以試穿時

はい、こちらの試着室（しちゃくしつ）で、どうぞ。 4

好的，請在這邊的更衣室試穿。

6-16

P3-6-⑮

試穿後滿意的話……

ぴったりですね。 1

剛好。

よくお似合（にあ）いですよ。

很合身啊。

そうですか。 2

真的呀！

これにします。

就這件吧。

試穿後不滿意的話……

後（あと）で、また、来（き）ます。 3

下次會再光顧。

こちら 這裡　試着室（しちゃくしつ） 更衣室　ぴったり 恰好、正合適　よく 好

似合（にあ）う 合適　後（あと）で 下次　また 再　来（く）る 來

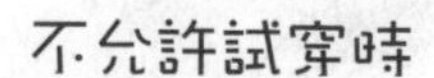

P3-6-⑯

申(もう)し訳(わけ)ございませんが、シャツはちょっとできません。 ①
真不好意思，襯衫不可以試穿。

そうですか。 這樣啊？ ②
合(あ)わなかったら、どうしよう。
如果不合身怎麼辦呢？

お客様(きゃくさま)にぴったりだと思(おも)いますよ。 ③
一定會很合您身的。

そうですか。 是嗎？ ④
じゃ、ください。 那，就要這件。

お買(か)い上(あ)げ、ありがとうございます。 ⑤
感謝您的購買。

ちょっと 一會兒、一下　できる 可能　合(あ)う 合適　お客(きゃく) 客人
思(おも)う 想　買(か)い上(あ)げ 購買

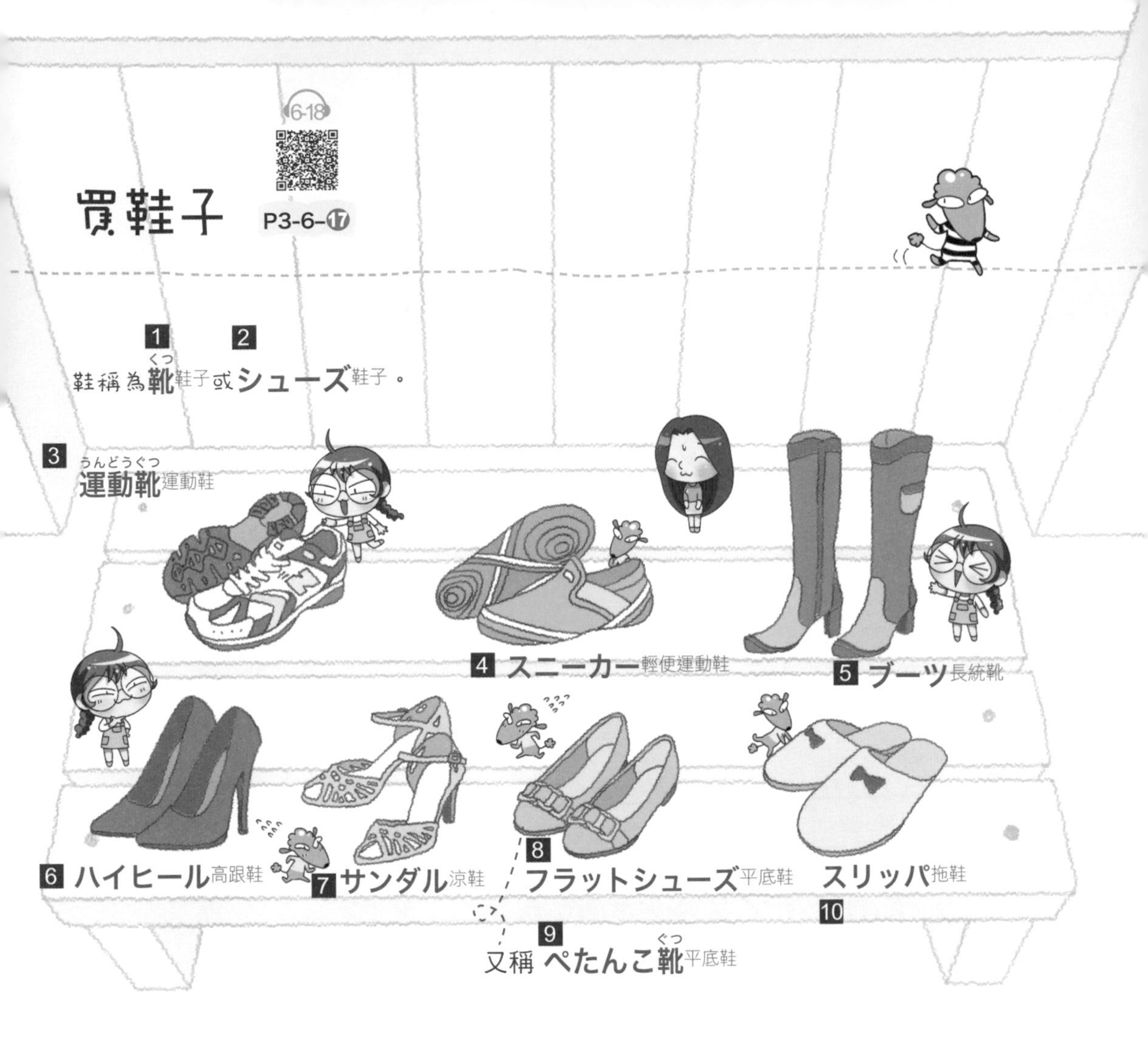

どうぞ、はいてみてもいいですよ。①

您可以試穿。

あ、そうですか。②

嗯，是嗎？。

24下（くだ）さい。

請給我24號的。

購買鞋時尺碼的單位為
センチメートル公分(cm)
應該用
235(mm)→ 23.5(cm)
240(mm)→ 24.0(cm)
來表示。

はく 穿（下裝）　～てもいい ～也好、～也可以

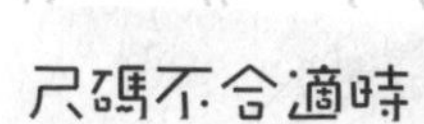

P3-6-⑱

ちょっと、大(おお)きいですね。1

有點大。

一(ひと)つ、下(した)のサイズありますか。

有小一號的嗎？

ちょっと、小(ちい)さいですね。2

有些小。

一(ひと)つ、上(うえ)のサイズありますか。

有大一號的嗎？

鞋的尺碼小，說明腳尖有些緊。

這時可以這樣表示。

爪先(つまさき)がちょっときついです。3

腳尖有點緊。

ちょっと 一點、少許　大(おお)きい 大　一(ひと)つ 一個　下(した) 下　ある 有
小(ちい)さい 小　上(うえ) 上　爪先(つまさき) 腳尖、腳趾的趾尖部　きつい 緊

沒有合適的鞋時

申(もう)し訳(わけ)ございません。 1

非常不好意思。

ただ今(いま)、在庫(ざいこ)がございません。

現在沒有庫存。

残念(ざんねん)ですね。 2

真遺憾。

有尺寸合適的鞋時

P3-6-⑳

どうぞ、はいてみてください。 1

請試穿。

ぴったりです。 2

很合適。

これにします。

就要這個。

ただ今（いま）現在　在庫（ざいこ）庫存　残念（ざんねん）遺憾、可惜　はく 穿
ぴったり 正好　これ 這個

在包包賣場中

ポーチ 化妝包

かごバッグ 藤編包

トートバッグ 手提包

ショルダーバッグ 肩背包

リュック 背包

ボストンバッグ 波士頓包

スーツケース 旅行用小皮箱

財布(さいふ)錢包分為**長財布**(ながさいふ)長款錢包和**折り財布**(おりさいふ)折疊式錢包。

折疊式錢包又可分**二つ折り財布**(ふたつおりさいふ)兩折式錢包和**三つ折り財布**(みっつおりさいふ)三折式錢包。

「零錢包」稱為**小銭入れ**(こぜにいれ)，「名片夾」稱為**名刺入れ**(めいしいれ)，「鑰匙包」則稱為**キーケース**。

在飾品商店中

ネックレス 項鏈

リング、指輪(ゆびわ) 戒指

ブレスレット 手鍊

イヤリング 耳環

ブローチ 胸針

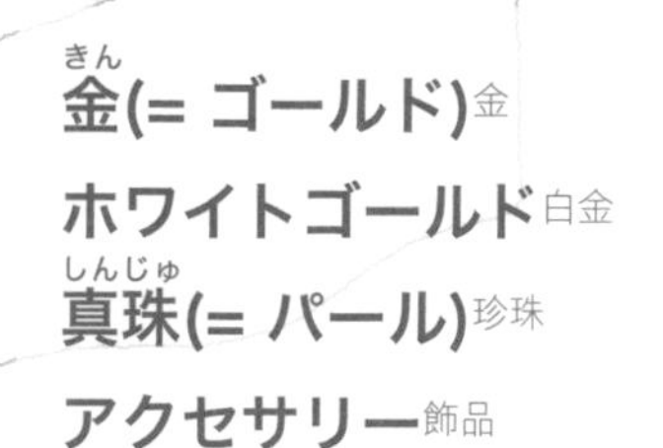

金(きん)(= ゴールド) 金

ホワイトゴールド 白金

真珠(しんじゅ)(= パール) 珍珠

アクセサリー 飾品

銀(ぎん)(= シルバー) 銀

ダイヤモンド 鑽石

ルビー 紅寶石

帽子(ぼうし) 帽子

サングラス 太陽鏡

ベルト 腰帶

購物時必要的基本表現 P3-6-21

かぶってみても
いいですか。1
可以試戴（帽子）嗎？

着(き)てみても
いいですか。2
可以試穿（上衣）嗎？

はいてみても
いいですか。3
可以試穿（褲、裙）嗎？

はいてみても
いいですか。
可以試穿（鞋）嗎？

つけてみてもいいですか。4

可以試戴（耳環）嗎？

かけてみてもいいですか。5

可以試戴（項鍊）嗎？

はめてみてもいいですか。6

可以試戴（戒指）嗎？

かけてみてもいいですか。

可以試揹（包包）嗎？

はめてみてもいいですか。

可以試戴（手套）嗎？

更換色調時

選好款式，若不滿意色調時，

ほかの色(いろ)はありませんか。 P3-6-22

還有別的顏色嗎？

赤(あか)(＝レッド) 紅色

青(あお)(＝ブルー) 藍色

黄色(きいろ)(＝イエロー) 黃色

黒(くろ)(＝ブラック) 黑色

白(しろ)(＝ホワイト) 白色

グレー 灰色

肌色(はだいろ) 膚色

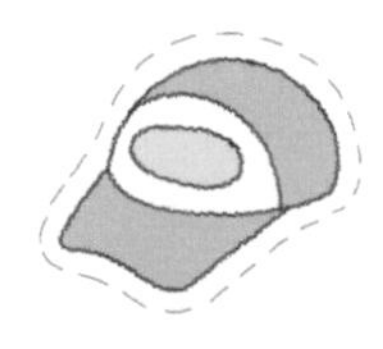

ベージュ 米色

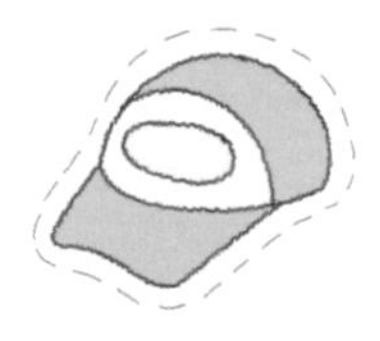

オレンジ 橘色

緑(みどり)(＝グリーン) 綠色

紫(むらさき)(＝パープル) 紫色

ピンク 粉紅色

更換條紋與顏色時

P3-6-㉓

無地（むじ）はありませんか。

有沒有素色的款式？

無地（むじ）素色

ストライプ條紋

横（よこ）横　縦（たて）豎

ボーダー柄（がら）邊緣平行　花柄（はながら）印花　チェック方格

Vネック V領　クルーネック圓領　タートルネック高領

セーラーカラー 水手領　チャイナカラー 旗袍領　スタンドカラー 立領

更換尺碼時

需要大的尺碼時

もっと大(おお)きいの、ありませんか。 P3-6-24

有再大一點的嗎？

需要小的尺碼時

ちょっと小(ちい)さいの、ありませんか。 P3-6-25

有再小一點的嗎？

尺碼通常有以下幾種

Sエス → スモールサイズ

Mエム → ミドルサイズ

Lエル → ラージサイズ

フリーサイズ one size（均一尺寸）

もっと 還、更多　大(おお)きい 大　ある 有　ちょっと 稍微、少許　小(ちい)さい 小

不想購買現品時！！！

6-29

これ、新(あたら)しいのがほしいんですけど。P3-6-26
不好意思，這個（現品），請問有沒有新的。

如果有新的

はい、ございます。是，有的。1
少々(しょうしょう)お待(ま)ちください。請稍候。
すぐ、お持(も)ちします。馬上給您拿來。2

如果沒有新的

申(もう)し訳(わけ)ございません。今(いま)、それしか残(のこ)っておりません。3
真不好意思，這是最後一個。

あ、そうですか。啊，這樣啊。
仕方(しかた)ありませんね。これ、ください。4
沒辦法，那就要這個。

如果不購買

それじゃ、いいです。那就不要了，謝謝！5

新(あたら)しい 新　ほしい 想要　ございます「ある 有」的丁寧語
少々(しょうしょう) 稍微、少許　待(ま)つ 等　すぐ 馬上　持(も)つ 持有、拿
それ 那個　しか 只、只有　残(のこ)る 剩餘　仕方(しかた) 方法、手段　それじゃ 那麼

松本清

逛松本清

マツモトキヨシ松本清是銷售**化粧品(けしょうひん)**化妝品與各種美容用品和**醫薬品(いやくひん)**醫藥用品的連鎖賣場。所以，隨處可見**支店(してん)**分店林立。

6-30

商品(しょうひん)があふれている。 P3-6-27

商品真的好多啊。

又要瘋狂購物了。

支店(してん)によって、同(おな)じ商品(しょうひん)でも、値段(ねだん)の差(さ)がある場合(ばあい)もある。 P3-6-28

分店的不同，價格也有一定程度的差異。

6-32

買(か)う前(まえ)に値段(ねだん)の比較(ひかく)をしよう。 P3-6-29

購買前先貨比三家不吃虧。

商品（しょうひん）商品　あふれる 溢出（充滿）　支店（してん）分店　同（おな）じ 同樣
値段（ねだん）價格　差（さ）差　場合（ばあい）場合　買（か）う 買　～前（まえ）に ～前
比較（ひかく）比較

スキンケア製品(せいひん)保養品

歸屬為**基礎化粧品**(きそけしょうひん)基礎化妝品的**スキンケア**護膚產品部分
主要是護理**肌**(はだ)肌膚為目的的**化粧品**(けしょうひん)化妝品。
此類化妝品有**洗顔料**(せんがんりょう)洗面乳、**メイク落(お)とし（＝クレンジング）**卸妝用品、
化粧水(けしょうすい)化妝水、**美容液**(びようえき)精華液、**乳液**(にゅうえき)乳液、**クリーム**乳霜等。

洗顔料(せんがんりょう)洗面乳&メイク落(お)とし(＝クレンジング)卸妝乳（潔面乳）

洗顔料(せんがんりょう)是用於清洗未**化粧**(けしょう)化妝時的**素顔**(すがお)素顏，
而**メイク落(お)とし**是卸妝用品。
洗面產品中同時還有與**メイク落(お)とし**卸妝有相同功能的產品。

6-34

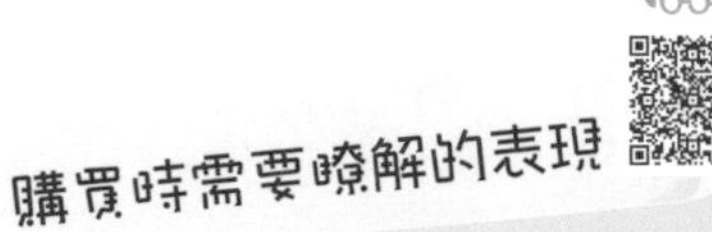

★ウォッシング・フォーム 洗面乳

★オイル・クレンジング 卸妝潔顏油

★たっぷりの泡(あわ) 大量的泡沫

★ミルク状(じょう) 乳液狀

★皮脂(ひし) 皮脂

★汚(よご)れ 髒污

★洗(あら)う 洗淨、清洗

★落(お)とす 清潔、卸妝

護膚商品

化粧水(けしょうすい)化妝水

是**洗顔**(せんがん)洗臉後為**皮膚**(ひふ)肌膚**補給**(ほきゅう)補充**水分**(すいぶん)水分的**化粧品**(けしょうひん)化妝品。也可稱為**スキンローション**潤膚水、**トナー**收斂化妝水、**トニック**爽膚水。

美容液(びようえき)精華液

為**美容成分**(びようせいぶん)美容成分 — 將**保湿成分**(ほしつせいぶん)保濕成分或**美白成分**(びはくせいぶん)美白成分**濃縮**(のうしゅく)濃縮後**配合**(はいごう)混合調製而成。最好在塗抹化妝水後，及未塗上油性化妝品前使用。

乳液(にゅうえき)乳液

不僅可以補充化妝水補給**水分**(すいぶん)水分的不足，更可以補充無法從化妝品吸收到的**油分**(ゆぶん)油分及**栄養**(えいよう)營養。
另外可以**防ぐ**(ふせ)防止皮膚從化妝水裡吸收的水分**蒸発**(じょうはつ)蒸發。

クリーム乳霜

基本的(きほんてき)基本的**成分**(せいぶん)成分有**ミネラルオイル**礦物油、**ワセリン**凡士林、**オリーブ油**(ゆ)橄欖油等的**油分**(ゆぶん)油脂及**水分**(すいぶん)水分，另外更含有**乳化剤**(にゅうかざい)乳化劑、**保湿剤**(ほしつざい)保濕劑、**防腐剤**(ぼうふざい)防腐劑、**香料**(こうりょう)香料等。一般在塗抹乳液後使用。

6-35

購買時會提到的表現

肌（はだ） 肌膚

★ 素肌（すはだ）（沒有化妝的）素顏
★ 混合肌（こんごうはだ） 混合性肌
★ オイリー肌（はだ） 油性肌膚
★ ドライ肌（はだ） 乾性肌
★ かさかさ 乾燥
★ かさつく（因為角質造成的）肌膚水份不足
★ べたつく 黏答答
★ テカリ 泛油
★ ハリ 有彈性
★ 角質層（かくしつそう） 角質層
★ すみずみ 各個角落
★ 毛穴（けあな） 毛孔
★ きめ 細紋
★ しみ 斑點
★ しわ 皺紋
★ 小（こ）じわ 小皺紋
★ たるみ 鬆弛
★ 肌（はだ）あれ 肌膚粗糙
★ にきび 青春痘
★ むくみ 浮腫
★ クマ 黑眼圈
★ くすみ 黯沉
★ さっぱり 清爽
★ すっきり 乾淨
★ みずみずしい 水嫩感
★ すべすべ 光滑
★ つるつる 光滑
★ しっとり 濕潤
★ うるおい 潤澤
★ セラミド 神經醯胺
★ はたらき 效用
★ 無香料（むこうりょう） 無香料
★ 無着色（むちゃくしょく） 不添加色素

6-36

肌（はだ）あれにくすみまで…

P3-6-30

皮膚粗糙又黯沉……

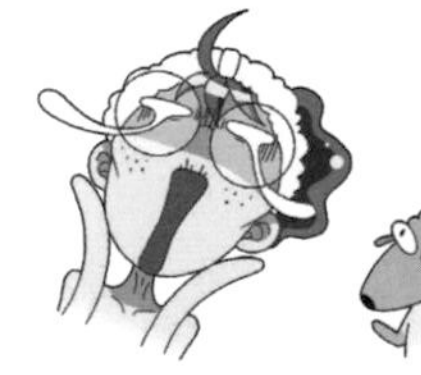

都認不得你了。

化妝品

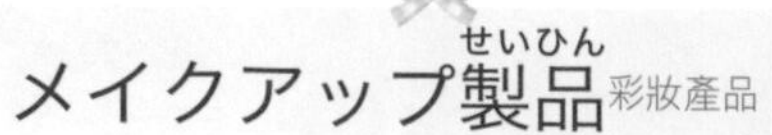

メイクアップ製品(せいひん) 彩妝產品

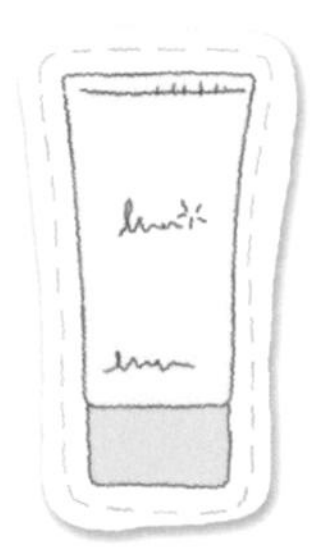

ベース 飾底乳

ファンデーション 粉餅

パウダー 蜜粉

アイシャドー 眼影

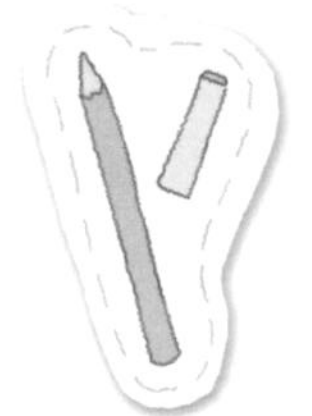

コンシーラー 遮瑕筆

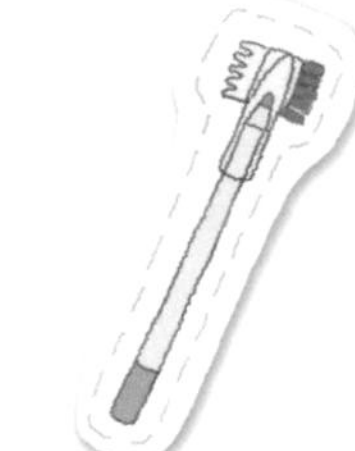

アイブロー 眉刷

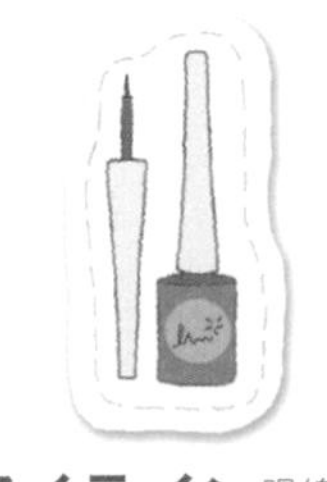

アイライン 眼線液

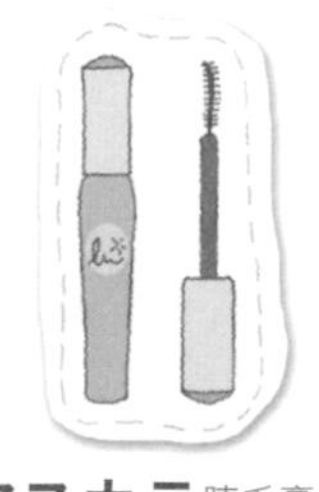

マスカラ 睫毛膏

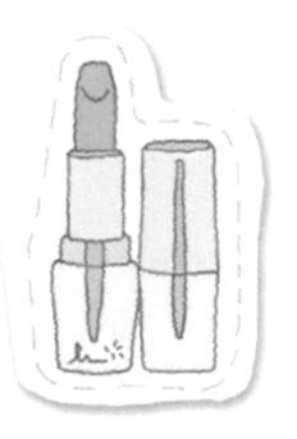

口紅(くちべに)(= リップスティック) 口紅

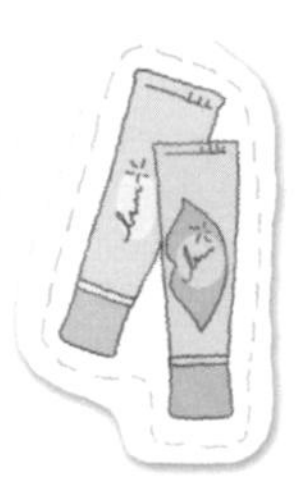

リップグロス 唇蜜

根據產品分為

リキッドタイプ液狀質地
クリームタイプ乳狀質地
ペンシル筆型
スティックタイプ棒型
チューブタイプ管型等。

日焼け止め防曬乳

シートマスク一片式面膜

あぶらとり紙吸油面紙

6-38

ものによっては、日本の方が もっとやすいね。 P3-6-31

有些東西日本還更便宜呢！

もの 東西　～によって 根據～、依～　日本（にほん） 日本　方（ほう） 方面　もっと 更、更加
やすい 價格便宜

購物袋自動販賣機使用方法

袋(ふくろ)がこんなに多(おお)くなっちゃった。

袋子這麼多。

どうしよう。

怎麼辦好呢？ **P3-6-32**

通常在**デパート＝百貨店(ひゃっかてん)**百貨公司或**ショッピングモール**購物中心等處（主要在一樓）有**紙袋(かみぶくろ)の自販機(じはんき)**紙袋（購物袋）自動販賣機，需要購物袋時可以前往購買。

6-40

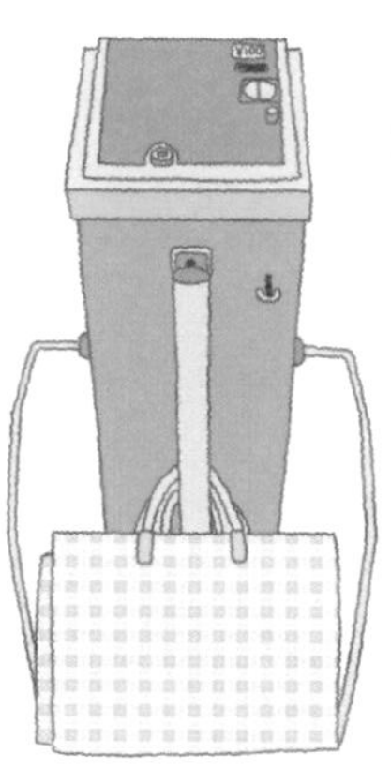

こんなのがあるんだ。 **P3-6-33**

還有這樣的東西啊。

袋(ふくろ) 袋子　こんなに 這麼　多(おお)い 多　こんな 這樣　ある 有

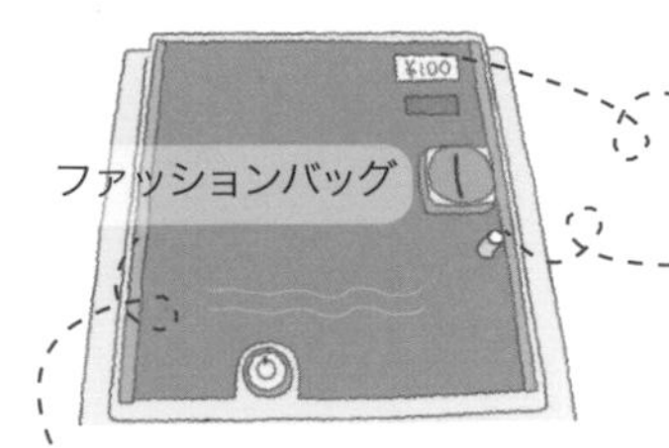

100円硬貨専用 100日元硬幣專用

もどしボタン 退幣鈕

ファッションバッグ 時尚購物袋

バッグの取り方 拿取購物袋的方法

確認**投入金額**投入金額後，**お金を入れる**投幣。

バッグのヒモを両手で上に引き上げる。 P3-6-34 641

用雙手將購物袋的提環向上拉。

结束!!

642

次は、どこに行こうかな。 P3-6-35

接下來要去哪好呢？

バッグ 袋子　ヒモ 提手　両手（りょうて）双手　上（うえ）上　引（ひ）き上（あ）げる 向上拉
次（つぎ）接下來　どこ 哪裡　行（い）く 去

在主題專賣店中

到キャラクターショップ主題專賣店選購給友(とも)だち朋友們的お土産(みやげ)禮物。

哇～是キデイランドKIDDY（凱蒂貓）專賣店。

643

どれもかわいい。 P3-6-36
每個布娃娃都很可愛呢。

このぬいぐるみ、ほしい。
想要這個布娃娃。

Tip

「人偶」稱為**「人形(にんぎょう)」**，是指依人的模樣製作的傳統日本娃娃。
「めいぐるみ」是指使用布料縫製，裡面塞滿棉花的布娃娃。

どれ 哪個　かわいい 可愛　この 這個　ぬいぐるみ 布娃娃　ほしい 想要

644

この折畳(おりたた)み傘(かさ)、かわいい。 P3-6-37

這把折疊傘真可愛。

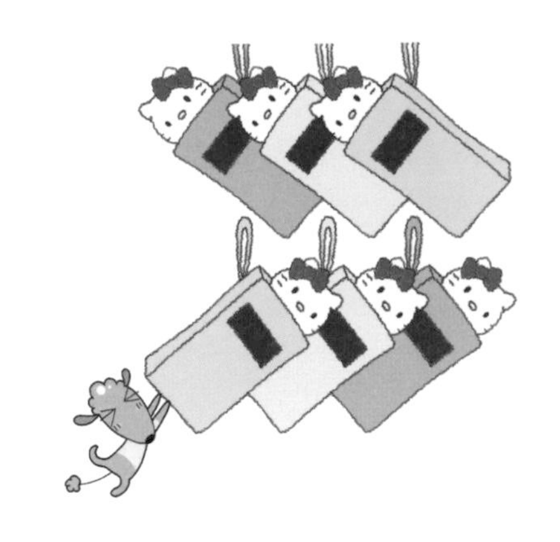

これは、買(か)わなきゃ…。

這樣非買不可。

「雨傘」稱為「**傘(かさ)**」，「折疊傘」稱為「**折畳(おりたた)み傘(かさ)**」。

送給朋友的禮物**お土産(みやげ)**禮物有……

キーホルダー鑰匙圈、**ケータイストラップ**手機吊飾和

ハンドタオル（=タオルハンカチ）小毛巾、手巾。

645

どれもかわいいから、迷(まよ)っちゃうね。 P3-6-38

太可愛了，都不知道選哪個好。

Tip

請注意！！！

「手機」的日語為**携帯電話(けいたいでんわ)**手機，略語為「**けいたい**」或是「**ケータイ**」。

但現在都改用**スマートフォン**智慧型手機了，所以其略稱的「**スマホ**」更為常見。

折畳(おりたた)み傘(かさ) 折疊式傘　迷(まよ)う 迷惑、迷惘

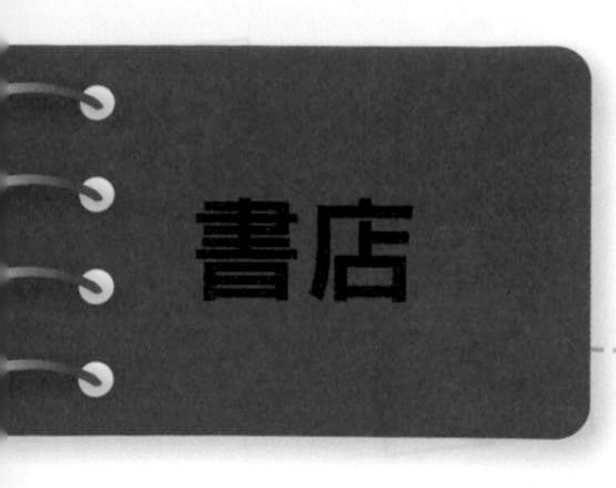

逛書店

到紀伊国屋(きのくにや)紀伊國屋和ブックオフBOOK OFF（二手書店）看看書。

紀伊國屋是日本極具代表性的大手書店(おおてしょてん)大型書店。BOOK OFF是專門經辦二手書籍的古本屋(ふるほんや)二手書店，規模很大，全國有連鎖店。

6-46

おまえ、読(よ)めるのか。 P3-6-39

你看得懂嗎？

挑漫画(まんが)漫畫、雑誌(ざっし)雜誌、写真集(しゃしんしゅう)寫真集等書籍看，就算不懂日語也沒問題。

6-47

写真(しゃしん)と絵(え)だけ見(み)てもいいんじゃない。 P3-6-40

只看照片和圖畫也不錯。

おまえ 你　読(よ)む 唸　寫真(しゃしん) 照片　絵(え) 圖畫　見(み)る 看　いい 好

到書店後，先看フロアガイド樓層導覽。

8	学習参考書（がくしゅうさんこうしょ）學習參考書　絵本（えほん）繪本　児童書（じどうしょ）兒童書籍
7	地図（ちず）地圖　地形図（ちけいず）地形圖　旅行ガイド（りょこう）旅遊指南　語学（ごがく）語言學　辞書（じしょ）辭典　洋書（ようしょ）外文書　電子辞書（でんしじしょ）電子字典
6	芸術（げいじゅつ）藝術　写真集（しゃしんしゅう）寫真集　楽譜（がくふ）樂譜　演劇（えんげき）戲劇　趣味（しゅみ）愛好　スポーツ運動　料理（りょうり）料理　実用書（じつようしょ）實用書
5	教育（きょういく）教育　心理（しんり）心理　哲学（てつがく）哲學　宗教（しゅうきょう）宗教　歴史（れきし）歷史　文芸評論（ぶんげいひょうろん）文藝評論　詩（し）詩　俳句（はいく）俳句
4	医学（いがく）醫學　看護（かんご）看護　理学（りがく）理學　工学（こうがく）工學　建築（けんちく）建築　土木（どぼく）土木
3	ビジネス商業　就職（しゅうしょく）就職　経済（けいざい）經濟　社会（しゃかい）社會　法律（ほうりつ）法律　政治（せいじ）政治　コンピューター電腦
2	雑誌（ざっし）雜誌　文庫（ぶんこ）文庫　新書（しんしょ）新書　催事場（さいじじょう）特賣場
1	新刊（しんかん）新刊　文学（ぶんがく）文學　化石（かせき）化石　鉱物標本（こうぶつひょうほん）礦物標本

649

一階（いっかい）、二階（にかい）、六階（ろっかい）だけ行（い）こう。P3-6-41

只去一樓、二樓、六樓就好了。

一階（いっかい）一樓　二階（にかい）二樓　六階（ろっかい）六樓　行（い）く去

漫畫櫃

読めるかどうかわからないけど一冊だけ買おう。 P3-6-42 6-50

雖然不知道能不能看懂，但還是買一本吧。

漫画 漫畫

書店裡的漫畫或雜誌通常包在**ビニール**塑膠膜內，所以看不到**内容**內容（內頁）。只能看**表紙**封面後再決定要不要購買……

雜誌櫃

雑誌雜誌分為**週刊誌**週刊和**月刊誌**月刊。

6-51

やっぱり、ここでもなかは見られないね。

果然在這裡也是看不到內頁的。

P3-6-43

写真集 寫真集更不用說了。

読(よ)む 唸、讀　一冊(いっさつ) 一本　〜だけ 只　買(か)う 買　やっぱり 果然　なか 中、裡面
見(み)る 看

在書店結帳時…

想說結帳時不發生問題……

但要跟書店店員對話，心裡還是有點緊張。

P3-6-44

ブックカバーをつけますか。 1

需要套上書套嗎？

YES時

はい、つけてください。 2

好的，麻煩您套上。

NO時

いいえ、結構(けっこう)です。 3

不用，這樣就可以了。

有時候，親切的店員會這樣說……

しおりはこちらには挟(はさ)んでおきますね。 4

我幫您將書籤夾在書裡。

說完，會將書籤夾在書裡。

這時只要說：

はい、どうも。 好的，謝謝。 5

就可以了。

ブックカバー 書套　つける 裝上（套上）　結構（けっこう）相當、蠻好　しおり 書籤

挟（はさ）む 夾

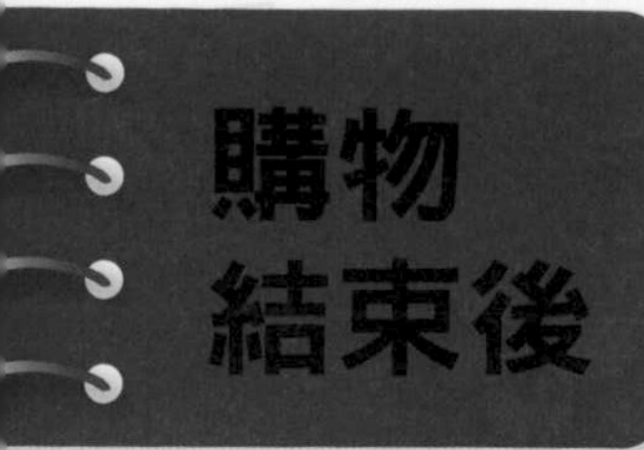

購物結束後消除疲勞

6-53

足(あし)、痛(いた)い。 腳疼。 **P3-6-45**

もう、歩(ある)けない。 走不動了。

使用在**マツモトキヨシ**松本清等化妝品賣場購買的入浴劑和足部按摩貼片來消除疲勞。

入浴剤(にゅうよくざい) 入浴劑

足用(あしよう)シップ 足部按摩貼片

6-54

購買入浴劑時的談話中，會提到的用語表現

- ★ 疲(つか)れ 疲勞
- ★ だるさ 疲倦
- ★ ほっそり 纖細
- ★ ぐったり 筋疲力盡
- ★ ホッと 放鬆的樣子
- ★ リラックス 放鬆
- ★ 温泉水(おんせんすい) 溫泉水
- ★ 汗(あせ)かいてスッキリ 流汗後感到暢快
- ★ 爽快(そうかい) 爽快
- ★ しっとり 濕潤
- ★ なめらか 光滑
- ★ ラベンダー 薰衣草
- ★ ローズマリー 迷迭香
- ★ オレンジ 柳橙
- ★ ライム 萊姆
- ★ レモン 檸檬
- ★ ゆず 柚子
- ★ 樹木(じゅもく) 樹木
- ★ ローズ(=バラ) 玫瑰
- ★ ハーブ 香草
- ★ フローラル 花卉

要走了還這麼囉嗦。

回到飯店後

用買好的入浴劑倒入**お風呂**（ふろ）泡澡處（浴缸）裡，

お風呂（ふろ）**に入**（はい）**る。** 泡澡。 P3-6-46

足（あし）**にシップを貼**（は）**る。** 在腳上貼上按摩貼片。 P3-6-47

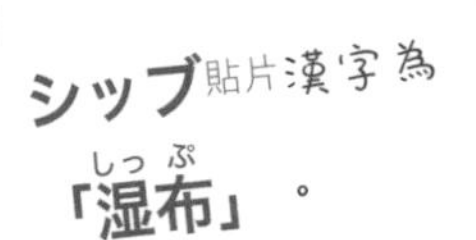

寝（ね）**る。** 就寢。

翌日（よくじつ） 第二天

すっきり。 舒暢。

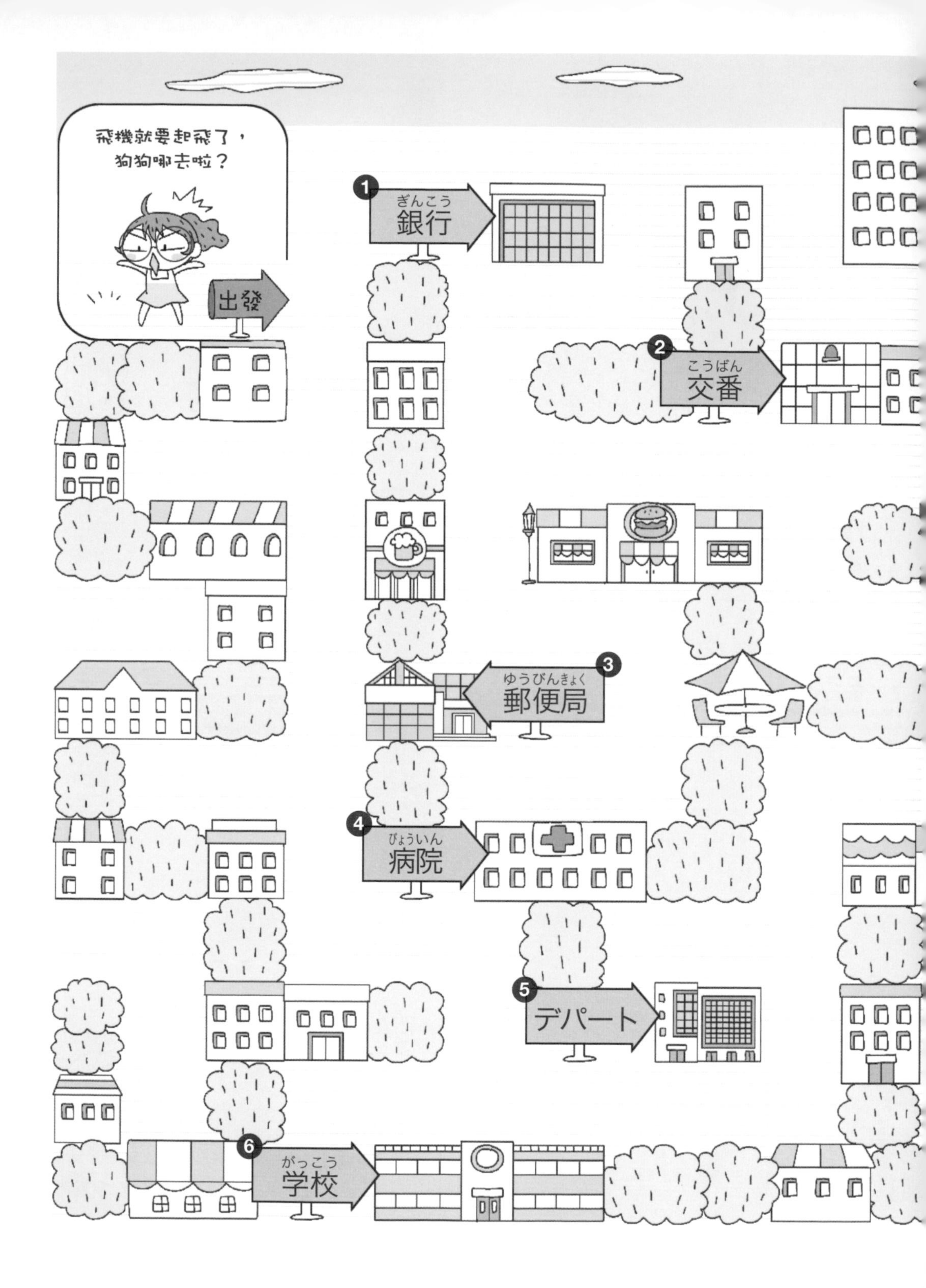
飛機就要起飛了，
狗狗哪去啦？
出發
1
ぎんこう
銀行
2
こうばん
交番
3
ゆうびんきょく
郵便局
4
びょういん
病院
5
デパート
6
がっこう
学校

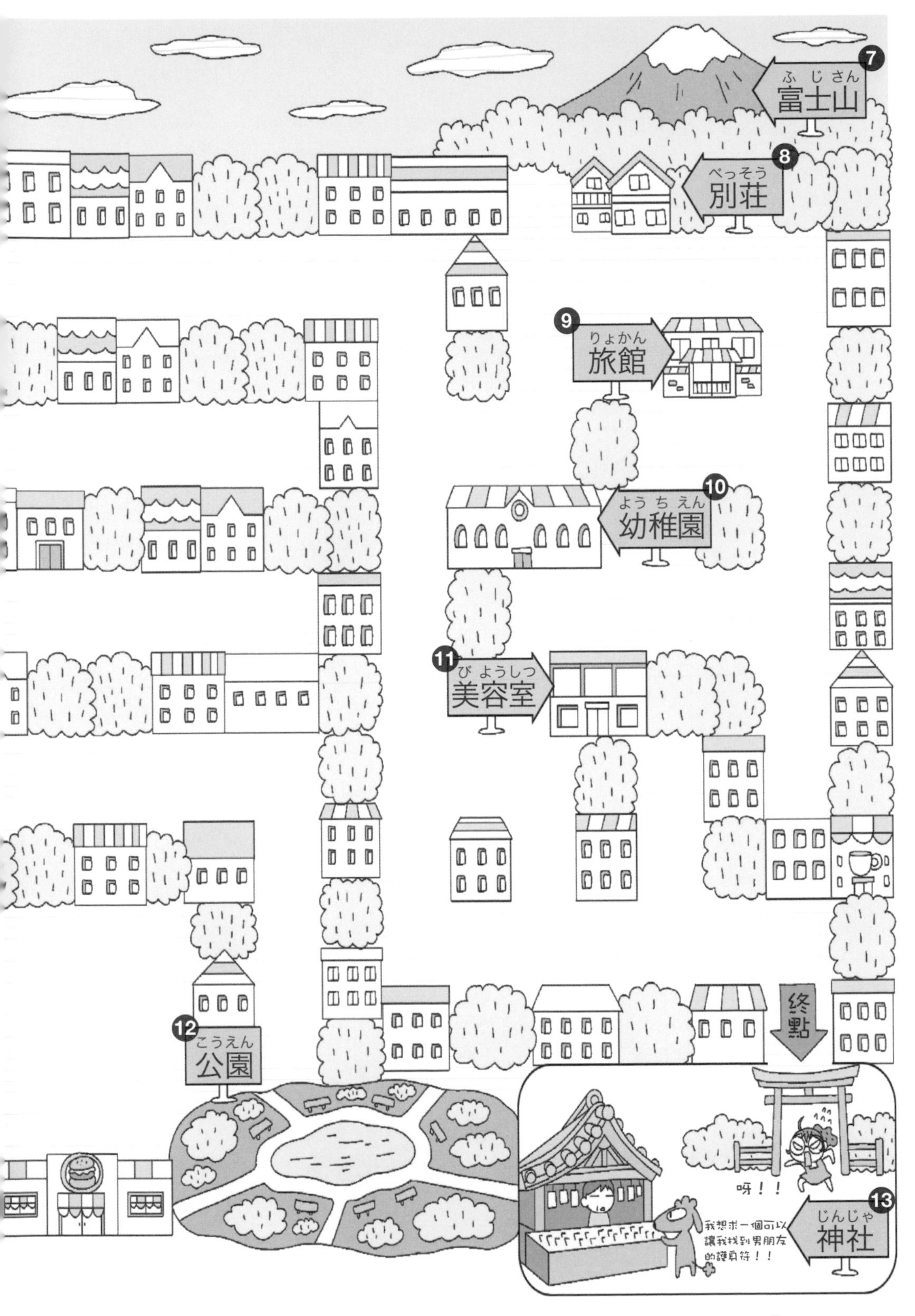

7 ふじさん 富士山
8 べっそう 別荘
9 りょかん 旅館
10 ようちえん 幼稚園
11 びようしつ 美容室
12 こうえん 公園
終點
呀！！
我想求一個可以讓我找到男朋友的護身符！！
13 じんじゃ 神社

現在，我已經可以
脫口說日語啦！
さようなら。
再見。
また、来てね。
歡迎下次再來。

正確答案

尋找隱藏的圖 正確答案

▸26頁

えんぴつ 鉛筆 ボタン 紐扣
くつ 鞋子
よつばのクローバー 四葉草
さんかくじょうぎ 三角尺

▸50頁

さかな 魚 つえ 拐杖
ハート 愛心 ちょう 蝴蝶
きのこ 香菇

▸102頁

ねずみ 老鼠 かびん 花瓶
ほね 骨頭 せんす 扇子
かも 鴨子

尋找狗狗的正確答案

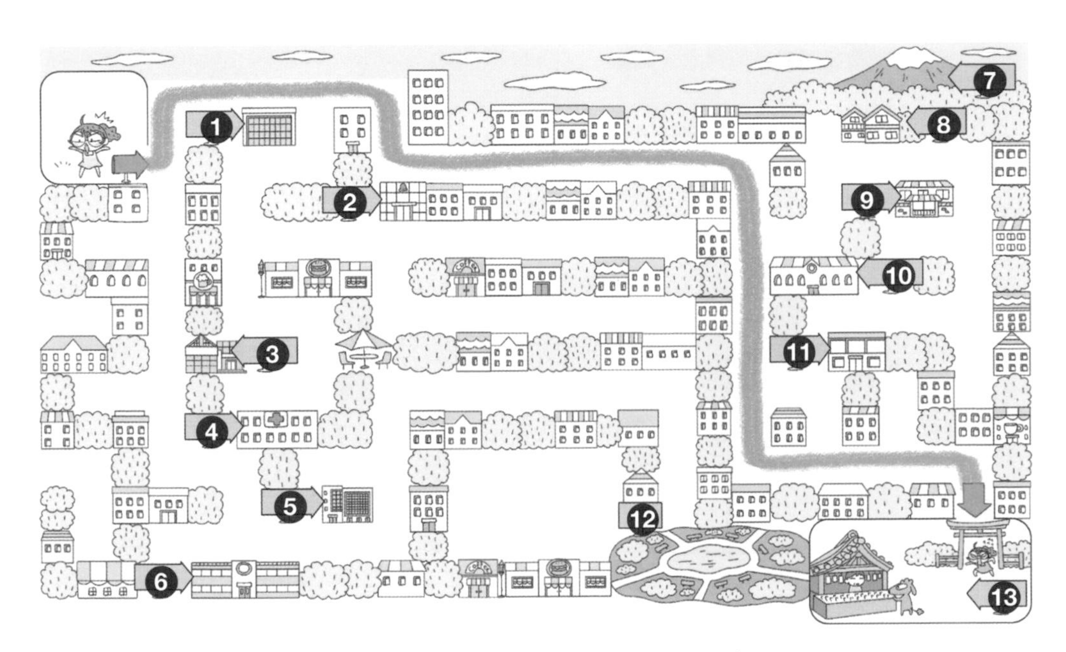

❶ 銀行（ぎんこう） 銀行

❷ 交番（こうばん） 派出所

❸ 郵便局（ゆうびんきょく） 郵局

❹ 病院（びょういん） 醫院

❺ デパート 百貨公司

❻ 学校（がっこう） 學校

❼ 富士山（ふじさん） 富士山

❽ 別荘（べっそう） 別墅

❾ 旅館（りょかん） 旅館（日式的溫泉旅館）

❿ 幼稚園（ようちえん） 幼稚園

⓫ 美容室（びようしつ） 美容院

⓬ 公園（こうえん） 公園

⓭ 神社（じんじゃ） 神社

台灣廣廈國際出版集團
Taiwan Mansion International Group

國際學村

我的第一本日語學習書【QR碼行動學習版】
一次學會日語單字、會話、句型、文法的入門書

作　　者／Communication日文研究會
翻　　譯／崔蓮紅
編輯中心編輯長／伍峻宏・編輯／尹紹仲
封面設計／張家綺・內頁排版／東豪
製版・印刷・裝訂／東豪・弼聖・明和

行企研發中心總監／陳冠蒨
媒體公關組／陳柔芠
綜合業務組／何欣穎
線上學習中心總監／陳冠蒨
數位營運組／顏佑婷
企製開發組／江季珊、張哲剛

發 行 人／江媛珍
法 律 顧 問／第一國際法律事務所 余淑杏律師・北辰著作權事務所 蕭雄淋律師
出　　版／國際學村
發　　行／台灣廣廈有聲圖書有限公司
地址：新北市235中和區中山路二段359巷7號2樓
電話：（886）2-2225-5777・傳真：（886）2-2225-8052
讀者服務信箱／cs@booknews.com.tw

代理印務・全球總經銷／知遠文化事業有限公司
地址：新北市222深坑區北深路三段155巷25號5樓
電話：（886）2-2664-8800・傳真：（886）2-2664-8801
郵 政 劃 撥／劃撥帳號：18836722
劃撥戶名：知遠文化事業有限公司（※單次購書金額未達1000元，請另付70元郵資。）

■出版日期：2020年07月
2024年05月3刷
ISBN：978-986-454-129-4